小さな星の王子さま
Le Petit Prince

アントワヌ・ド・サン=テグジュペリ
Antoine de Saint-Exupéry

河原泰則［訳］
Yasunori Kawahara

Le Petit Prince

Antoine de Saint-Exupéry

王子さまはきっと渡《わた》り鳥《どり》の群《むれ》につかまって
彼の星を離れたんだと、僕は思います。

LE PETIT PRINCE
by Antoine de Saint-Exupéry
First published by Editions Gallimard, Paris, 1946

［目次］

レオン・ヴェルトにささげる

子供たちへのおねがいです。この本を僕《ぼく》は、ある大人《おとな》のひとにささげたのですが、どうかそのことを許《ゆる》してほしいんです。ただ、僕《ぼく》がそうしたのにはちゃんとした理由があって、というのは、その人は僕にとって世界じゅうで一ばん大切な友だちだからなんです。それから、もう一つほかにも理由があって、その人はとっても賢《かしこ》くて、なんでも、もちろん子供の本でも、ちゃんと分《わ》かってくれる人だからです。それから、三つめの理由は、その人はフランスに住んでいて、いまそこでひもじい思いや寒い思いをしているから、だからぜひなぐさめてあげなきゃならないんです。

でも、もしこれだけたくさんの理由があっても許してもらえないときは、こうしましょう。この本を僕は、子供だったころのその人にささげることにします。どんな大人のひとだって、はじめは子供だったんですから。（でも、そのことを忘《わす》れないでいる大人のひとってほんとうに少ないのですが。）

というわけで、献呈《けんてい》のことばを僕はこう書きかえることにします。

子供だったころの
レオン・ヴェルトにささげる

［註］レオン・ヴェルトについて

ユダヤ系フランス人の著述家《ちょじゅつか》。一八七八年、フランスのルミルモンに生まれ、一九五五年、パリで死去。一九三一年頃にサン＝テグジュペリと出会い、以来《いらい》、生涯無二《しょうがいむに》の友となる。

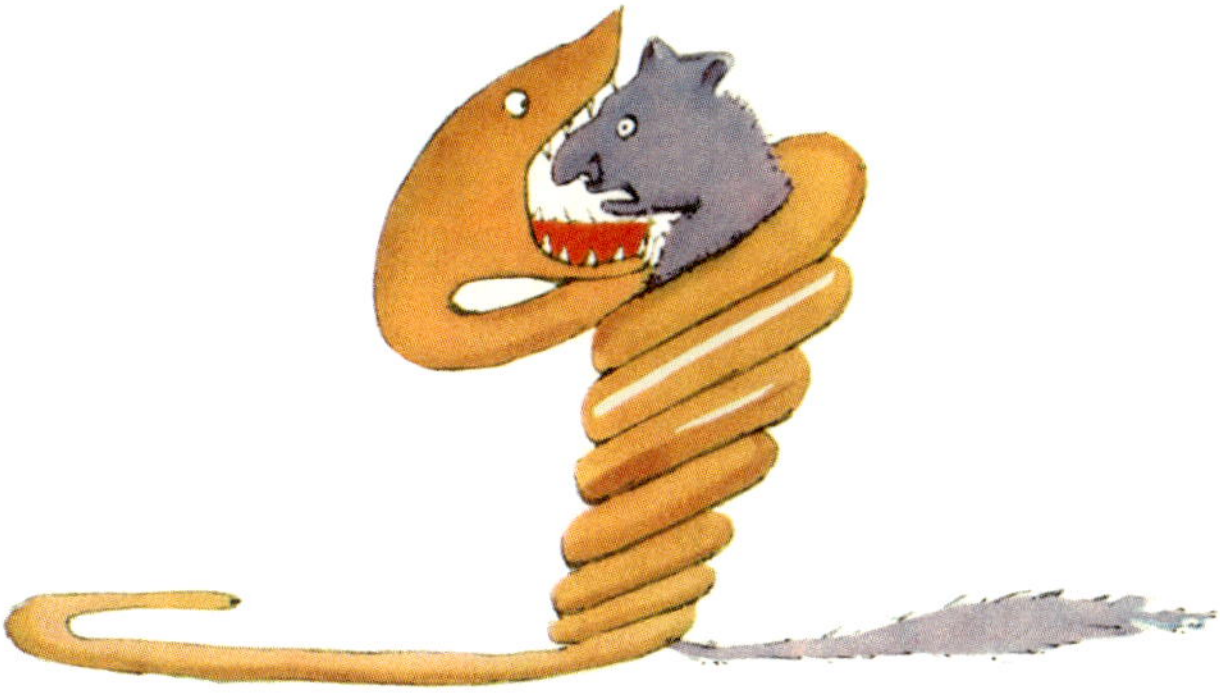

1

六つのときに僕《ぼく》は、未開《みかい》のジャングルのことを書いた《ほんとうにあるお話》という本の中で、すばらしい絵を見たことがあります。それは、ボアという大きな大きなへビが、一匹《いっぴき》の獣《けもの》を呑《の》みこもうとしている絵でした。上がその絵の写しです。

そこには、「ボアは、餌食《えじき》をかまずにまるごと呑みこみます。そうするとそのまま動けなくなって、そのごちそうがおなかの中でこなれるまで、半年ぐらいのあいだ、ずっと眠っています」という説明《せつめい》が書かれてありました。

それを見た僕は、ジャングルの中で起こるいろんなできごとを想像《そうぞう》してドキドキしました。そして自分でも、色鉛《いろえん》

筆《ぴっ》で、生まれてはじめての絵をみごとに描《か》き上げました。僕《ぼく》の絵の第一号です。それは上のようなものでした。

僕はこの傑作《けっさく》を大人《おとな》のひとたちに見せて、「こわいでしょ？」と聞きました。でもみんな、「帽子《ぼうし》なんかがどうしてこわいの？」と言うだけです。

僕が描いたのは帽子じゃありません。おなかの中でゾウをこなそうとしている大へビ・ボアです。しかたがないので、こんどは大人のひとたちにも分《わ》かるようにボアのおなかの中を描きました。大人っていつでも、いちいち説明してあげないと分からないんです。下が、その、僕の第二号の絵です。

でも大人のひとたちは、「外がわだろうと内がわだろうと、もう大へビの絵なんかはやめにして、それより地理《ちり》や歴史《れきし》や算数や国語をしっかり勉強しなさい」と言って僕をさとすのでし

た。僕が六才にしてりっぱな絵かきになる道をあきらめたのは、そのせいです。

第一号の絵も第二号の絵も、どちらも、ちっともその良さを分かってもらえなくて、僕はがっかりでした。大人のひとたちって、放《ほう》っておくと自分ひとりではなんにも分かろうとしないんですね。子供たちは、そういう大人たちにいつもいつも、これこれこうと説明をしてあげなきゃならないので、疲《つか》れてしまいます。

そういうわけですから、僕は、しかたなくべつの職業《しょくぎょう》をえらぶことにして、飛行機《ひこうき》の操縦《そうじゅう》をまなんだのでした。そして、世界じゅうをかなりあちこち飛んでまわりました。――地理の勉強って、たしかにとっても役にたちます。僕には、ひと目で中国とアリゾナ*との見分けがつきましたし、夜の飛行で、どこを飛んでいるか分からなくなったりしたときなんかも、地理を知っているとそれはべんりです。

さて、そんな人生をおくるうち僕は、いちおう身分も地位《ちい》もある人たちと、つまり、世間《せけん》

(註)アリゾナ……アメリカ合衆国《がっしゅうこく》南西部の州《しゅう》。グランドキャニオンのあるところ。

で言う《ひとかどの》人たちと、たくさん知り合いになりました。要《よう》するに、僕はたくさんの大人のひとたちの中でくらしたということです。大人たちをすぐまぢかに見ていたということです。けれども、彼らにたいする僕の考えがそれでもって良いほうに変わるということは、あまりありませんでした。

ちょっとものの分かりそうな人に出会うと、僕はかならず、ずっと大事にとってある、あの僕の第一号の絵を見せてその人を試《ため》しました。その人がほんとうにものの分かる人かどうかを知りたかったからです。でも答はいつもおなじ、「これ、帽子でしょ」なんです。だから僕はもう、その人と大ヘビ・ボアやジャングルや星の話をするのはあきらめて、かわりに相手の好《す》きそうな話を、たとえばトランプのブリッジの話や、ゴルフや政治《せいじ》やネクタイの話をするんです。そうすると、その人は僕のことを、「この人も私とおなじでものの分かる人だ」と思ってたいそうよろこぶのでした。

2

そんなわけですから、僕《ぼく》は、六年前、たまたま飛行機《ひこうき》の故障《こしょう》でサハラ砂漠《さばく》へ不時着《ふじちゃく》するという日にあうまでは、ほんとうに心をひらいて話せる相手のいない、ひとりぼっちの人間でした。

今、飛行機の故障って言いましたが、要するにエンジンがどこかおかしくなったのです。整備士《せいびし》もお客もだれも乗っていませんでしたから、僕はむずかしい修理《しゅうり》をたったひとりでやりとげるかくごをしなければなりませんでした。飲み水はやっと一週間分あるかないかです。修理がうまくいくかどうかは、僕にとって生きるか死ぬかの問題でした。

さて、およそ千マイルほども遠く遠く人里離《はな》れた砂漠のまんなかで、僕はとにかく初《はじ》めての夜を過《す》ごすことになりました。広い海原《うなばら》をひとり筏《いかだ》で漂流《ひょうりゅう》する者よりも、人の住む世界からもっとはるか隔《へだ》たったところに、僕はいたのです。ですから、あくる朝の僕の驚《おどろ》きようはご想像《そうぞう》いただけるでしょう。それはちょうど夜が明けようとするころでした。ささやくような妙《みょう》な声に気がついて、僕は目をさましたのです。

「ね、おねがいします…ヒツジの絵を描《か》いて」

「え！」

「ヒツジの絵、描いて」

まるで雷《かみなり》に打たれたようにびっくりして僕はとび起きました。そして、何度も目をこすって、あたりを見まわしました。すると、なにやらとってもめずらしいなりをした小さな男の子が、一心《いっしん》に僕を見つめているではありませんか。次ページの絵をごらんなさい。ずっとあとになって僕が描き上げたその子の絵の中で、いちばんできのいいのがこれです。——もちろん、僕のこの絵には、その子のかわいらしさがあまりよく出てはいませんけれど、だからといって僕を責《せ》めたりしないでくださいね。それは、そのむかし、六才だった僕が絵かきへの道を歩みかけたときに、その幼《おさな》い僕の、絵にたいする情熱《じょうねつ》をだいなしにしてしまった大人たちのせいです。なにしろ、おかげで僕は、ボアの外がわと内がわの絵よりほかには、絵というものを描く練習をまったくしたことがなかったんですから。

さて、とつぜん現《あら》われたこの子のすがたを、僕は驚《おど》きのあまり目をまんまるにして見つめ

ずっとあとになって描《か》き上げた王子さまの絵の中で、
いちばんできのいいのがこれです。

ました。だって考えてもみてください。そこはおよそ千マイルほども遠く遠く人里離《ひとざとはな》れた場《ば》所《しょ》なのです。それなのにこの子は、べつに道に迷《まよ》っているという様子《ようす》もないし、疲れきっている様子もない。おなかがすいて死にそうだとか、のどが渇《かわ》いて死にそうだとかっていう様子もないし、こわくておびえてるという様子もありません。人の住むところまでおよそ千マイルもあるという、そんな遠い遠い砂漠のまんなかで迷子《まいご》になっている子供には、どうしても見えないのです。

やっとのことで口をひらいて、僕は言いました。

「きっ、きみ、こんなところでいったいなにをしてるんだ?」

でもその子は、これはとても大事なことなんだというふうな真剣《しんけん》なまなざしで、ゆっくりと、おなじことを言うのでした。

「おねがいします。ヒツジの絵、描いて」

人間って、あんまりふしぎなことに出会うと、だれになにを言われてもさからえなくなってしまうものなのでしょうか。千マイルも遠く遠く人里離れた砂漠のまんなかで死と背中《せなか》合わせにいたというのに何ともばかげた話ですが、僕はいつのまにかポケットから一枚の紙きれと万年筆を取りだしていました。ただ、学校で勉強したのが地理とか歴史《れきし》とか算数とか国語とか、そんなものだけだったことを、そのときかろうじて思い出しましたので、「僕、やっぱり絵なんて描けないよ」って（すこしこわばった声で）言ったのです。すると彼はこう答えました。「そんなことかまやしない。ヒツジを描いて」

――僕はなにしろ、これまでヒツジの絵なんか描いたことがありません。だからとりあえず、唯一《ゆいいつ》僕に描けるあの二枚《にまい》の絵のうちの片方《かたほう》をまた描いて、彼《かれ》に見せました。大ヘビ・ボアの外がわの絵です。すると、なんと驚《おどろ》いたことに、彼はこう言うではありませんか。

「ちがう、ちがう！　ぼく、ボアのおなかに入ったゾウなんかいらないよ。ボアってさ、とっても恐《こわ》いんだから。それにゾウだってね、やたら大きくて場所《ばしょ》を取るからお話にならないさ。ぼくんとこ、とっても小さいんだもの。――ぼくはね、ヒツジがほしいんだ。だからヒツジを描いて」
やれやれ。僕はしかたなくヒツジを描くことにしました。
その絵を彼は注意ぶかくじっと見ていましたが、やがてこう言いました。

「だめ！　このヒツジ、病気でいまにも死にそうだよ。べつのを描《か》いて」

――言われるままに僕はべつのヒツジを描きました。

彼は、こんどはがまんづよくお愛想笑《あいそうわら》いを浮《う》かべてこう言うのです。

「ね、いいかい、これはね、ぼくのほしい、ふつうのヒツジじゃないんだ。これは牡羊《おひつじ》でしょ、角《つの》が生えてるもの」

――僕はまたべつのを描きました。
しかしそれも、これまでのとおなじで、やっぱり彼の気に入りません。
「これ、もう歳《とし》をとってよぼよぼじゃないか。ぼく、まだまだ長いこと生きるヒツジがほしいんだよ」

――僕はもうがまんの緒《お》が切れてしまいました。ほんとうはエンジンの分解《ぶんかい》に一刻《いっこく》も早くとりかからなきゃならなかったので、気がせいていたのです。それで、次のような絵を描きなぐるようにして彼に見せると、ちょっとぶっきらぼうにこう言いました。

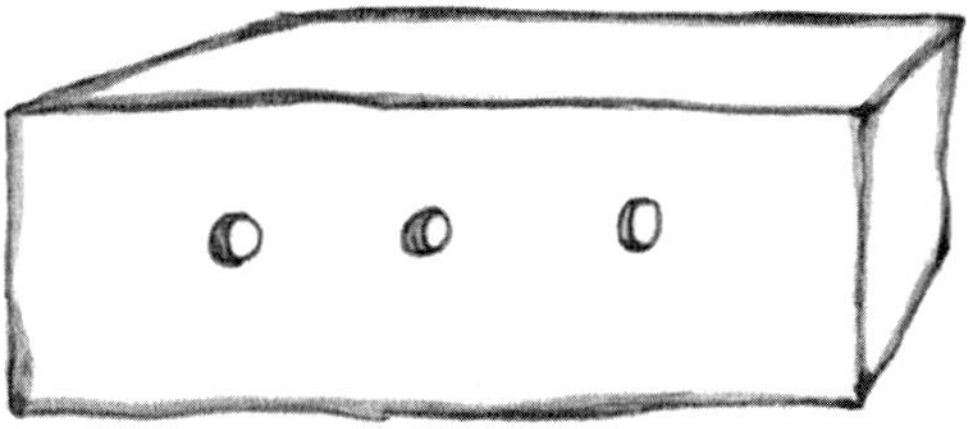

「きみのほしいヒツジはね、この箱の中さ」

すると、なんと意外なことに、この幼《おさな》い審査員君《しんさいんくん》の顔がぱっとかがやいたではありませんか。

「うん！　こういうのがほしかったんだ。…ねえ、このヒツジ、草をたくさん食べるかなあ？」

「どうして？」

「ぼくんとこ、ほんとうにせまいんだもの…」

「ぜったい大丈夫《だいじょうぶ》さ。これは小さな小さなヒツジだからね」

彼は絵に描いたその箱をのぞきこむようにしながら言いました。

「そんなに小さいってわけでもないじゃないか…あれれ！　寝《ね》ちゃったよ…」

これが、僕とこの幼い王子さまとの出会いでした。

3

この子がいったいどこからやってきたのか、それを知るにはすくなからず時間がかかりました。この小さな王子さまは、僕《ぼく》にたくさんいろんなことを聞くのですが、こちらから彼《かれ》になにかを尋《たず》ねても、それにはちっとも耳をかたむけてくれる様子《ようす》がないからです。それでも彼の秘密《ひみつ》が僕にすこしずつ分かってきたのは、彼の口からふと洩《も》れることばの端々《はしばし》に、いろいろな手がかりがあったからです。

たとえばこんなふうにです。王子さまがはじめて僕の飛行機《ひこうき》を見たとき（飛行機の絵だけは、僕、描く気になりません。なにしろあんまりこみいっていて、僕の手には負えないからです）、彼は僕にこう尋ねました。

「この妙《みょう》なもの、これなあに？」

「これはね、もの、なんていうような生易《なまやさ》しいもんじゃないんだ。これは飛ぶんだ。飛行機さ。僕の飛行機さ」

僕が、ほんのちょっと得意《とくい》顔《がお》で「僕は空を飛ぶんだよ」と教えてあげると、彼は驚《おどろ》いた声でこう言いました。

「えっ、なんだって！　きみ、空から降《お》りてきたの？」

「うん、まあ、そんなところさ」、僕はつとめて控《ひか》えめな返事をしました。

「へえー、そりゃいいや…」

そう言うと彼は、とてもかわいらしい声で、はじけるようにハハハと笑《わら》うのでしたが、こちらはムッとしてしまいました。砂漠《さばく》のまんなかに不時着《ふじちゃく》しなきゃいけなかったという不幸《ふこう》を、すこしは僕の身になって考えてほしかったからです。しかし王子さまは、おかまいなく続《つづ》けてこう言います。

「そうか、きみも空からやってきたんだ。で、どの星から来たの？」

その瞬間《しゅんかん》僕は、彼をとりまく謎《なぞ》にすうっと光がさしたような気がして、とっさにこう尋ね

ました。

「坊《ぼう》や、きみは、じゃやっぱり、どこかほかの星からやってきたんだね?」

彼はしかし、それには答えません。僕の飛行機を見ながら独《ひと》りごとのように、

「でも、こんなんじゃ、そんなに遠くから飛んできたっていうんでもなさそうだな…」こうつぶやいて、首をしずかに横に振《ふ》っているだけです。

彼はそうして、ひとしきりなにか夢《ゆめ》でも見るような様子をしていましたが、やがて、僕の描いてあげたヒツジの絵をポケットから取りだすと、こんどはそれを、宝物《たからもの》でも見るように、大事そうにじっと見つめるのでした。

《ほかの星》のことを匂《にお》わせるような彼の口ぶりが、どんなに僕の好奇心《こうきしん》をかきたてたか、きみたちには想像《そうぞう》がつくでしょうか? 僕はなんとか手を尽《つ》くしてその先を知ろうとしました。

「坊や、きみはほんとうにどこから来たんだい? 《ぼくんとこ》っていうのはどこのこと? 僕のヒツジを一体どこへ連《つ》れて帰ろうっていうんだい?」

彼はしばらくのあいだ、じっと考えにふけるように黙《だま》りこんだままでしたが、やがてこう

言うのでした。

「これ、いいね。きみがくれたこの箱。夜になったら、ヒツジのお家《うち》のかわりになるよ」

「…その通りさ。それから、もしきみがいい子だったら、綱《つな》もあげよう。昼間《ひるま》それでヒツジをつないでおけるようにさ。それと、綱をしばっておく杭《くい》もあげるよ」

でもこの申し出は、なんだか王子さまの気に沿《そ》わないようでした。

「つなぐだって？　へんなこと考えるんだね」

「でもつないでおかなかったら、どこかへ逃《に》げていって迷子《まいご》になっちまうじゃないか」

ハハハとはじけるように、また彼は笑《わら》い、そして言いました。

「逃げていくって、一体どこへさ？」

「どこかへさ。まっすぐどんどん歩いて…」

すると王子さまは、こんどは真顔《まがお》にもどって言いました。

「大丈夫《だいじょうぶ》なんだ。ぼくんとこ、とってもちっぽけでせまいんだもの」

そして、どこかさみしそうに（と僕には感じられたのですが）言いました。

「まっすぐどんどん歩いたって、そんなに遠くへ行けはしないんだよ…」

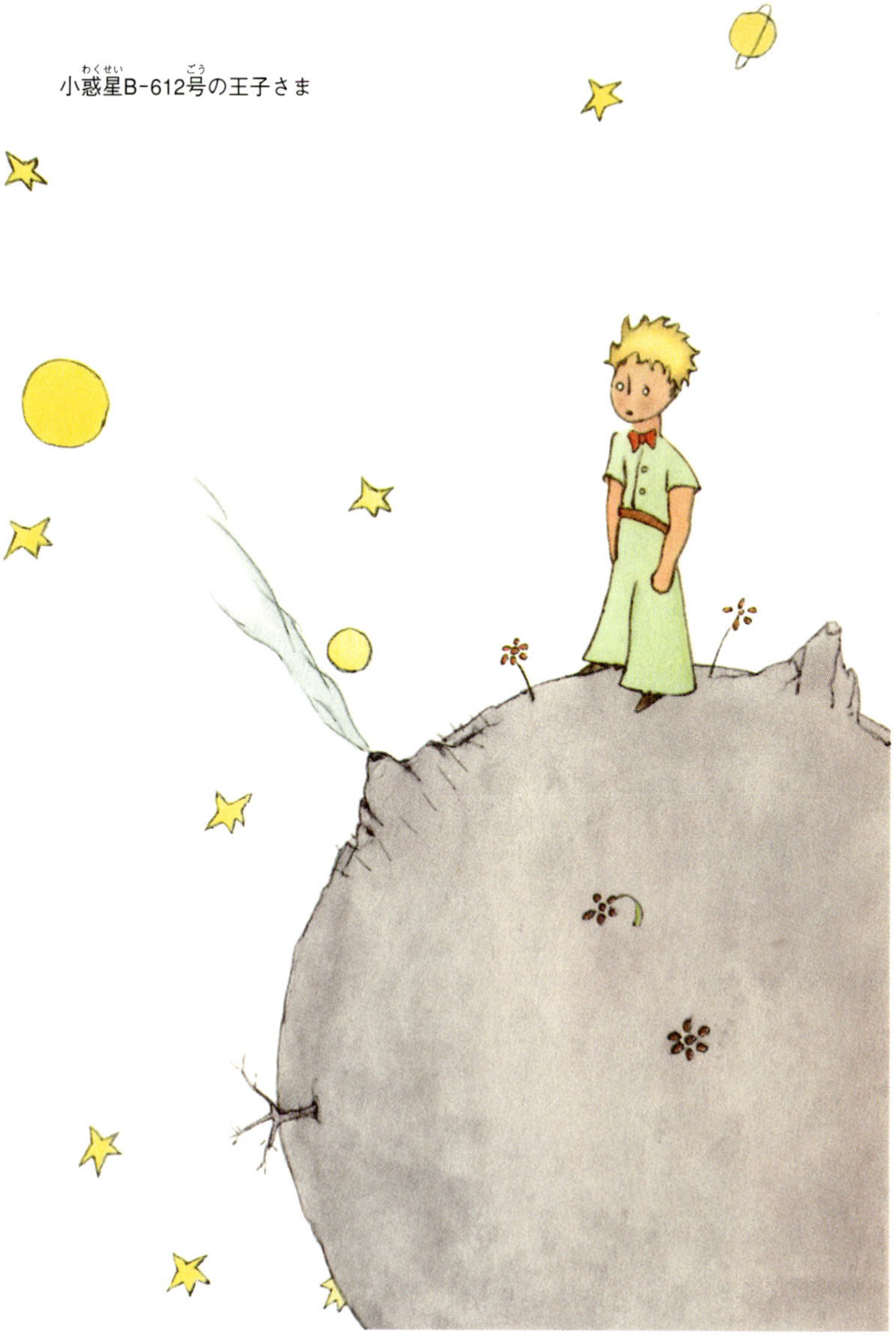

小惑星《わくせい》B-612号《ごう》の王子さま

４

　こうして僕《ぼく》は、とても大切なことをもう一つ知ったのです。つまり、王子さまのふるさとの星が、家一軒《いっけん》の大きさとあまり変わらないぐらいちっぽけなんだということをです。

　でも僕は、そのことにさほど驚《おどろ》きはしませんでした。地球や木星や火星や金星のような名前のついている大きな星のほかにも何百という小さな星があることを、そしてその中には、望遠鏡《ぼうえんきょう》でもなかなか見えないほど小さい星もあるということを、僕は知っていたからです。天文学者《てんもんがくしゃ》はそういう星を見つけると、それに番号をつけて名前のかわりにします。たとえば《小惑星《わくせい》３２５号》などというふうにです。

　じつは僕には、王子さまのふるさとが小惑星Ｂ‐６１２号じゃないかと思う、たしかな理由があります。一九〇九年にトルコのある天文学者が望遠鏡でたった一度見たきりという星です。

　この天文学者は、自分の発見したその星について、当時の国際《こくさい》天文学会議《かいぎ》で大々的《だいだいてき》に発表をしました。ところがだれも彼《かれ》の言うことを信《しん》じようとしません。見なれない服を着ているという、ただそれだけの理由《りゆう》からです。大人のひとたちっていつもそうなんですね。

ただ、小惑星Ｂ-６１２号の名誉《めいよ》にとってさいわいだったのは、たまたまその当時、トルコの独裁者《どくさいしゃ》、つまり何でも自分勝手《かって》な命令《めいれい》を出すわがままな王さまが、西洋風の服を着ないと死刑《しけい》にするというおふれを国じゅうに出したことでした。そのため、一九二〇年にさきほどの天文学者がもう一度おなじ発表をしなおしたとき、彼はたいそうしゃれた品のいい服を着ていたのです。それでこんどは、みんな彼の発表を信じたのでした。

僕が小惑星Ｂ-６１２号についてこんなにくわしいお話をして、その番号まで明かしてしまうというのも、もとはといえば大人のひとたちのことが頭にあるからです。大人ってほんとうに数字が好《す》きです。あたらしくできたお友だちの話をしてあげるときなんかでも、大人のひと

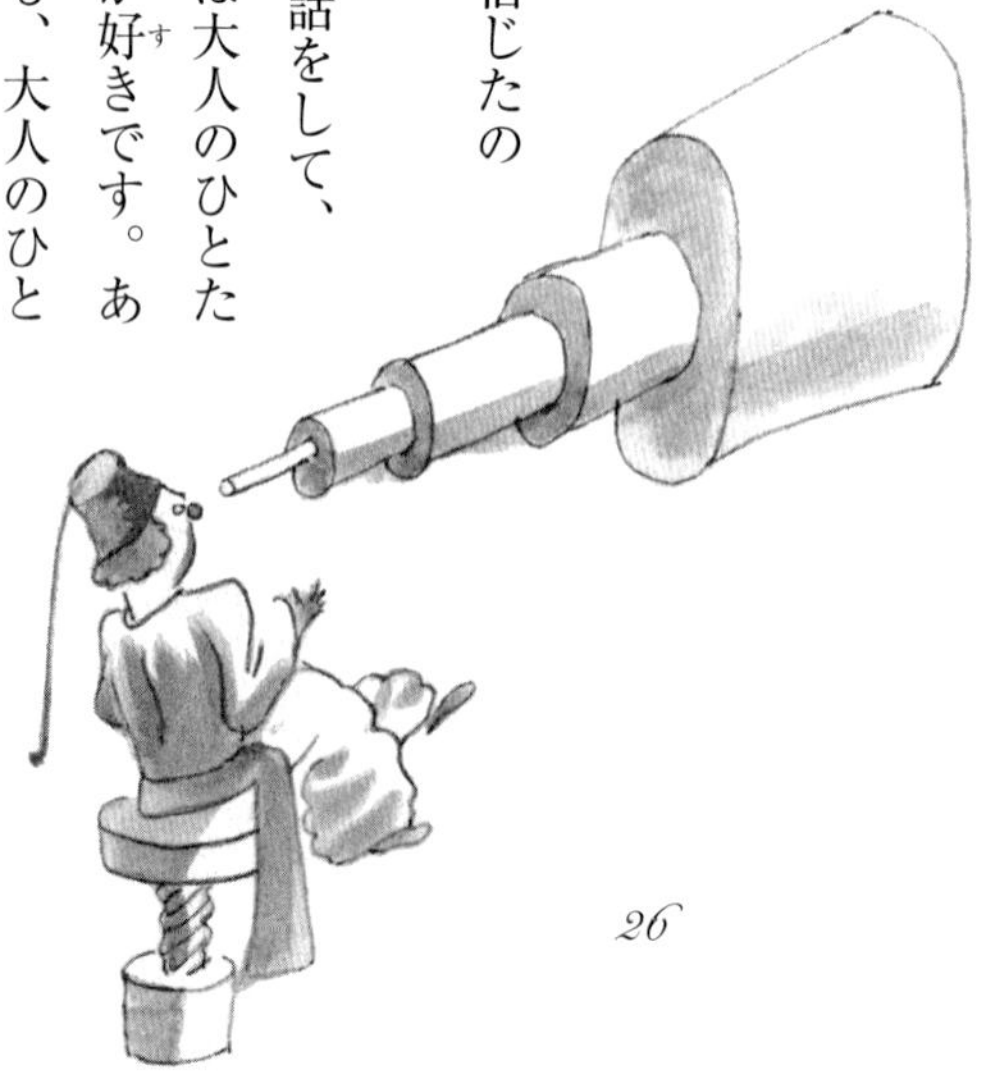

たちは、いちばん大切なことって決して知りたがりません。「その子はどんな声をしてるの？」とか「どういう遊びの好きな子？」とか、「その子はチョウの標本《ひょうほん》を集めてる？」とかいうような質問《しつもん》はぜったいにしないんです。そのかわりに、「その子、年はいくつ？」とか、「兄弟は何人？」とか、「体重は？」とか、「その子のお父さんはどれぐらい収入《しゅうにゅう》があるの？」とかいうようなことばかり聞くんです。そうしないと、その新しいお友だちがどんな子か分かった気がしないからです。

「すてきな家を見たよ。壁《かべ》が、赤っぽいピンク色のレンガで、窓《まど》にはゼラニウムの花が飾《かざ》ってあって、屋根には山鳩《やまばと》が何羽か止まって

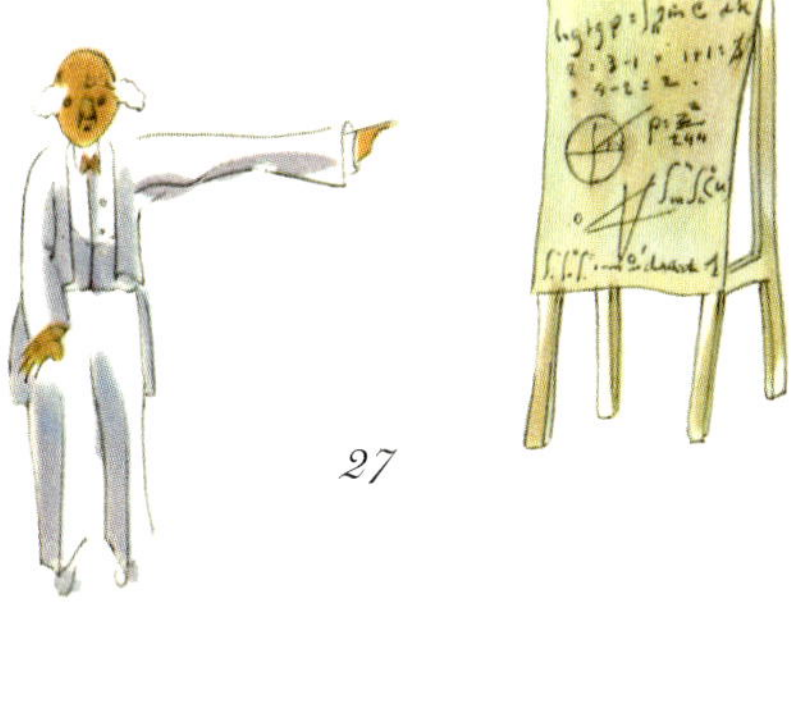

た」、そう言っても、大人のひとたちにはピンと来ません。「十万フランする家を見たよ」、そう言わなきゃだめなんです。するとそこではじめて大人たちは、感心したように大きな声で言うんです、「それはなんてすてきな家なんだろう！」って。

そういう大人たちにきみたちが、「この王子さまはね、ほんとうにいたんだよ。だってさ、とってもかわいらしくて、よく笑《わら》うし、それに、なにしろヒツジをほしがっていたんだからさ。ある人がヒツジをほしがるなんていうのは、その人がほんとうにこの世にいるっていう証拠《しょうこ》でしょ！」なんて言っても、大人のひとたちはただ肩《かた》をすくめて、いつものようにきみを子供あつかいするのが関《せき》の山でしょう。だから大人たちには、「王子さまのふるさとはね、小惑星Ｂ‐６１２号なんだよ」って言ってあげるんです。すると彼らはすぐに納得《なっとく》して、それきりくだらない質問できみたちを悩《なや》ますことはないんです。大人ってそういうものです。でもそれに腹《はら》をたてたりするのはやめましょうね。子供は、大人たちのそういうところも、うんと広い心で許《ゆる》してあげないといけません。

もちろん、きみたちや、それからこの僕は、生きるということのほんとうの意味を知っています。だから、そういう僕たちにとっては、数字なんかはどうでもいいのです。

この王子さまの物語にしても、これを書くにあたって僕は、はじまりのところを、できればおとぎ話みたいにしたかったんです。つまりこういうふうにね。

《むかしむかし、あるところに小さな王子さまがおりました。自分のからだよりほんのちょっと大きいだけの星にひとり住むその王子さまは、お友だちをたいそうほしがっておりました》――生きるということの意味をちゃんと知っている人たちにとっては、こう書いたほうが、ずっとそれらしく聞こえたはずなんです。

なのに僕がどうしてそういうふうに書かなかったかっていうと、それは、この本を、いい加減《かげん》に、うわべだけ撫《な》でるようには読んでほしくないからです。この、王子さまの思い出を書くというのは、ほんとうは、僕にはとてもつらいことなんですから。

王子さまがヒツジを連《つ》れて僕のもとを去って行ってから、はや六年という月日が流れました。つらい気持をおして僕が今ここでこうして彼の思い出をつづろうとしているのは、ほかでもない、彼のことを忘《わす》れないためです。――友だちのことを忘れてしまうっていうのは悲しいことです。友だちってだれもが持てるっていうわけじゃないし、僕のように、「友だち、今はもういないんだけど、でも前はいたことがあるんだよ」っていう人たちだって、世の中にそんなに多くはないんですから。僕は、友だちのことなんか忘れて数字ばかりを大事にしたがるふつうの大人のひとのような人間になってしまいたくない。でも、かく言うこの僕でさえ、そうなるおそれがまったくないっていうわけじゃないんです。

だから僕は、王子さまのことを忘れないよう、やはり絵にも描いて残しておこうと思って、それで絵具箱《えのぐばこ》や鉛筆《えんぴつ》まで買ったのでした。でも、六つのときにボアの外がわと内がわとを描いたきりのこの僕が、今こんな歳《とし》になってまた絵を描こうというのですから、それはなかなかたやすいことではないでしょう。もちろん、できるだけ王子さまに似《に》た絵が描けるよう、せいいっぱい努力《どりょく》しようとは思いますが、うまくいくかどうか、あまり自信《じしん》はありません。《この一枚はなんとか似《に》てるけど、でもこちらの絵はだめ。背《せ》の高さひとつにしても、この絵の王子さまはノッポすぎるし、こちらの絵ではチビすぎる。服の色も、どんなだったかなあとなかなか決まらない。そうしてうろうろと手さぐりのようにしながら、どうにかこうにかそれらしい絵にたどり着く》──きっとそんな具合《ぐあい》でしょう。だから、結局《けっきょく》でき上がりを見ると、そうとう肝心《かんじん》な部分でさえ実物《じつぶつ》とはかなりちがうように描かれてしまっていたりするかもしれません。

でも、そのへんのところはどうか大目《おおめ》にみてくださいね。なにしろ王子さまは、自分のことを僕に何ひとつ教えてくれなかったのですから。ひょっとすると彼は、僕が彼とおなじような能力《のうりょく》を持っているというふうに勘《かん》ちがいしていたのかもしれません。だけどあいにく、箱の中のヒツジを外から透《す》かして見通したりするような力は、僕にはないんです。ということは、もしかするとこの僕もすこしふつうの大人のひとたちみたいになってしまっている、ということかもしれませんね。僕も、きっと歳《とし》をとったのでしょう。

5

日《ひ》いちにちと僕《ぼく》は、王子さまの星のことや、彼《かれ》がその星を出て来たいきさつや、そうして始まった彼の旅のことなどについて、すこしずつ新しいことを知っていきました。彼の何気《なにげ》ないことばが手がかりになって、だんだんと様子《ようす》が見えてきたのです。そうして三日目には、バオバブについての大変《たいへん》な話も知ることになりました。

こんどもまたヒツジの話がきっかけでした。というのは王子さまが、とっても気にかかっているることがあるんだというふうな様子で、いきなり僕にこう尋《たず》ねたからです。

「ヒツジが灌木《かんぼく》を食べるって、ほんとうだよね？」

「うん、ほんとうさ」

「ああ、よかった！」

灌木《かんぼく》っていうのは、たとえばつ、つ、つじとかやまぶきなどがそうですが、枝《えだ》みたいにひょろっと細い幹《みき》をたくさん持った、背《せ》の低《ひく》い木のことです。僕には、ヒツジが灌木を食べるっていうのがどうしてそんなに大事なことなのか、どうも合点《がてん》が行きませんでしたが、王子さまはさらにこう言うのです。

「ということは、バオバブも食べるっていうことだね?」

バオバブは灌木なんかじゃなく、堂々《どうどう》とした教会のように大きな木で、たとえ王子さまがゾウの一族《いちぞく》を全員連《つ》れてきたとしても、そのゾウたちは、たった一本のバオバブでさえその葉っぱを全部は食べ切れないだろう、そう僕は王子さまに教えてあげました。

《ゾウの一族》と僕が言ったのがおかしかったのか、王子さまはハハハと笑《わら》って言いました。

「それじゃ上下に重ねなくっちゃね…」

でもそれから、さとすような口調《くちょう》でこう

言うのです。

「大きなバオバブだってね、大人《おとな》の木になる前は小さいんだよ」

「そりゃもちろんさ。でも、なぜバオバブの若木《わかぎ》なんかをヒツジに食べさせたいんだい？」

「だって、そんなこと決まってるじゃないか」——王子さまが、さも分《わ》かりきったことのようにこう言うので、僕はその先を、ひとりでうんと知恵《ちえ》をしぼって考えなければなりませんでした。

はたして、それはこういうことだったのです。どの星でもそうでしょうが、王子さまの星にも、役にたつ善《よ》い草木《くさき》と害《がい》になる悪い草木とがあるのでした。ということは、当たり前ですが、善い草木の善いタネと悪い草木の悪いタネとがあるわけです。どんな草木のタネたちも、目には見えません。みんな地中でひそかに眠《ねむ》っているからです。でもあるときそのうちの一粒《つぶ》が、「そろそろ目をさましてみようかな」という気になったとします。その一粒のタネはウーンとのびをして、かわいらしくあどけない小さな芽《め》をお日さまのほうへ、はじめは恥《は》ずかしそうにそっと伸《の》ばします。それが赤カブやバラの芽だったら、伸びほうだいにさせておけばいいのですが、そうではなくて害になる悪い草木の芽だったら、これはすぐに抜《ぬ》いてしまわなければなりません。

　ところで王子さまの星には、じつはある恐《おそ》ろしいタネが宿っていたのでした。――バオバブです。星じゅうの土をバオバブのタネが冒《おか》していたのです。さあ、このバオバブ、手おくれになる前に抜いてしまわないと、もうぜったいに逃《のが》れられなくなってしまいます。星一面に生《お》い茂《しげ》ってその根っこが地面を貫《つらぬ》き通してしまうのですから。バオバブがたくさん茂りすぎると、小さな星だったらそれで破裂《はれつ》してしまうこともあるくらいです。

　王子さまは僕にこう言っていました。

「毎日ちゃんと気をつけてさえいればいいんだけど

ね。つまり、毎朝、顔を洗《あら》って自分の身づくろいがすんだら、こんどはかならず星の身づくろいを念入《ねんい》りにしてあげなきゃいけないってことさ。幼《おさな》いバオバブはバラの木にそっくりなんだけど、バラとの見分けがつくようになってきたら、いつもこまめに引き抜いていないといけない。それはとってもたいくつでわずらわしい仕事ではあるけど、でも作業《さぎょう》そのものとしてはまったく簡単《かんたん》なんだ」

バオバブの恐ろしさを僕の国の子供たちがよく肝《きも》に銘《めい》じておくための助けになるような、そういう迫力《はくりょく》のある絵を、ちょっと腰《こし》をすえて描いてみては、と王子さまは僕にすすめました。「きみの国の子供たちがいつか旅に出るとき役にたつかもしれないからね。いやな仕事を先のばしにしてそれで差《さ》しつかえないってことも、ときにはあるけど、でも、ことバオバブにかんしてだけは、放《ほう》っておくとかならず取りかえしのつかないことになるんだ。ぼくは、めんどうくさがりやの怠《なま》け者がひとりで住んでた星を知ってるけどね、彼はバオバブを三本、ただの灌木《かんぼく》と思って放っておいたんだ。そしたらもう大変…」

王子さまに教えてもらって、僕はその怠け者が住むという星の絵を描きました。

僕、お説教《せっきょう》めいた口のききかたをするのは、もともときらいです。でも、小さな惑星《わくせい》にま

バオバブの絵

よいこんだりしたとき、バオバブのこわさを見くびっていると大変なことになるのに、みんなそのことをちゃんと知らないので、ほんとうに気が気じゃありません。だから、《お説教めいたことは言わない》っていう自分のふだんのいましめを一度だけ破《やぶ》って、こう言わせてもらいます。

《子供たち！　バオバブには気をつけるんだよ！》

――僕がこのバオバブの絵にこれだけ精魂《せいこん》をかたむけたのは、もうずっと前からきみたちをおびやかしているのにきみたち自身は（以前《いぜん》の僕とおなじで）気づかずにいるその大きな危《き》険《けん》について、きみたちの注意を是《ぜ》が非《ひ》でも呼《よ》び覚《さ》ましたかったからです。僕のこの絵がそのためにほんのすこしでも役にたつのなら苦労《くろう》のしがいがある、そう思って描いたのでした。

「だけどこの本には、このバオバブの絵のようにりっぱな絵がどうしてほかにもないのかなあ？」と、もしかしたらきみたちは思っているかもしれませんね。答えはとても簡単《かんたん》です。ほんとうはほかの絵だって一生けんめい描いたのです。ただ、どうしてもこの絵のようにはいかなかった、それだけの話です。この絵を描いたとき、僕は、バオバブの恐ろしさをみんなに何としてでも分かってもらおうと思って、それこそ必死《ひっし》だった、そういうことです。

6

ああ、小さな王子君！　僕《ぼく》にはきみのちょっとかげりのある幼《おさな》い人生が、やっとすこしずつ見えてきたよ。もうずっと前からきみのただ一つのなぐさめは、夕日をしずかにながめることだったんだね。そのことを僕がはじめて知ったのは、四日目の朝、きみが僕にこう言ったときだった。

「ぼくね、夕日が大好《す》きなんだ。ね、日の沈《しず》むとこ見に行こうよ」

「…でも、待ってないと…」

「待つって、なにを？」

「日が沈むのをさ」

僕のこのことばに、きみは、はじめとっても驚《おどろ》いた様子だったね。でも、やがて自分から笑《わら》い出してしまって、そしてこう言ったんだ。

「ぼく、まだ自分の星にいるようなつもりでいたんだ！」

そういうことだったのか。じっさい、だれでも知っているように、アメリカが昼の十二時だったら、おなじ時刻《じこく》にフランスでは日の沈むころだから、もし一分間でフランスへ飛んで行けたとするなら、そこで日の入りがちゃんと見られるわけなんだ。もちろん、あいにくフランスは、それにはあまりに遠すぎるけれど。でも、たしかにきみの小さな星の上だったら、すわっている椅子《いす》をほんの何歩かずつ前へずらしていくだけで、見たいと思うたびごとに何度でも夕やけの空が見られるわけだね。

「ぼく、いつか、一日のうちに日の入りを四十四回も見たことがあるよ」

そう言ってちょっと口をつぐんだきみは、そのあとにこう言ったっけ。

「ね、とっても悲しいときって、夕日が見たくなるもんだよね」

「四十四回も夕日をながめるなんて、その日はきみ、ずいぶん悲しかったんだね」

王子さまはしかし、それには答えませんでした。

7

五日目に僕は、またやはりヒツジのおかげで、王子さまの秘密《ひみつ》を、あらたにもうひとつ知ることになりました。というのは、彼がだしぬけに僕にこう聞いたからです。それは、長いあいだ胸《むね》の中にじっとしまいつづけてきた不安《ふあん》が、とうとう果実《かじつ》のようにかたちとなって外に出たんだというふうな、どこか思いつめた感じの尋《たず》ね方でした。

「ヒツジって、灌木《かんぼく》を食べるってことは…花なんかも食べるの？」

「…そりゃヒツジだからね、目につくものはなんでも食べるさ」

「刺《とげ》のある花でも？」

「そう、刺のある花でも食べる」

「じゃ、刺は一体なんのためにあるの？」

そんなことを僕が知るはずはありません。僕はそのとき、固《かた》くてなかなかまわろうとしない一本のボルトをエンジンから取り外《はず》そうと、やっきになっているところでした。故障《こしょう》の程《てい》度《ど》がかなりひどそうだということが分かってきていて僕は内心とても不安でしたし、それに飲み水がなにしろ底《そこ》をつきはじめていましたから、おそれていたもっとも悪い状態《じょうたい》になるんじゃないかという心配で、頭は一杯《いっぱい》でした。

「ねえ、刺は一体なんのためにあるのさ？」

王子さまは、一度なにか質問《しつもん》すると、ぜったいその答を聞かずにはおきません。しかし僕はボルトのことでいらいらしていたので、いいかげんにこう答えました。

「刺なんてね、なんの役にもたちゃしないよ。花はね、ただいじわるで刺なんかつけてるのさ」

「えっ！」

ちょっとした沈黙《ちんもく》のあと、王子さまは一種《いっしゅ》うらみのこもった口調《くちょう》でこう言いました。

「うそだよ、そんなこと！　花はね、かよわいんだよ、きずつきやすいんだよ。だから自分にできる精一杯《せいいっぱい》の方法で身を守ろうとするんだ。刺をつけてるのは、それがおどしになると信じてるから、だからつけてるんだ」

僕はなにも答えませんでした。ちょうど、《もしこのボルトがどうしてもまわろうとしないなら、いっそのことかなづちの一撃《いちげき》でふっ飛ばしてやる》と考えていたときで、とてもバラの刺どころじゃなかったのです。王子さまは、そんな僕の事情《じじょう》などおかまいなしに続《つづ》けます。

「なのにきみは、ほんとにそんなふうに思ってるんだね！　花がいじわるだなんて……」

「ちがう、ちがう。僕はなにもそんなこと思ってやしない。ただいいかげんに返事しただけさ。僕はね、今大事《だいじ》なことでいそがしいんだよ」

「大事なことだって？」

王子さまはびっくりした表情《ひょうじょう》で僕を見ました。僕は、かなづちを手に、指を機械油《きかいあぶら》でまっ黒にしながらエンジンと格闘《かくとう》しています。そのすがたをじっと見つめる彼の目に、飛行機のエンジンはさぞ醜《みにく》いものに見えたことでしょう。

「まるで大人のひとのような口のききかたをするね！」

そう言われて、僕はさすがにちょっとばつの悪さを感じました。しかし彼は容赦《ようしゃ》しません。

「きみの言うことは、ぐしゃぐしゃでごちゃごちゃのでたらめさ！」

彼はほんとうに腹《はら》をたてていました。振《ふ》り立てるそのあざやかな金髪《きんぱつ》が風を切るようでした。

「ぼくの知っている星に、赤ら顔のおじさんがいるんだ。そのおじさんは、花の匂《にお》いをかぐこともない、星をながめたこともない、だあれも愛《あい》したことがなくって、することといったら足《た》し算ばっかりさ。そして朝から晩《ばん》まで、きみみたいに、《おれは大事な仕事をしてるまっとうな人間だ！　ああ忙《いそが》しい忙しい！》って言いながらうぬぼれ上がってるんだ。だけど、そんなのはもう人間って言えない。そんなのは、キノコさ！」

「え？　なんだって？　キノ……？」

「キノコだよ！」

王子さまの表情《ひょうじょう》は怒《いか》りで青ざめていました。

「花はもう何百万年も昔から刺をつけてる。なのにヒツジはもう何百万年も昔からその花を食べてる。花がどうしてそんな役にもたたない刺をわざわざ苦労《くろう》してつけるのか、そのわけを知りたいっていうのが大事なことじゃないって言うのかい？　ヒツジと花との闘《たたか》いなんかどうでもいいって言うのかい？　赤太りおじさんの足し算のほうが、もっとまっとうで大事だとでも言うつもりなのかい？

ぼくが、たとえば一輪《りん》の花と知り合いだったとして、この広い宇宙《うちゅう》にただ一本、ぼくの星にしか咲いていないっていう一輪の花と知り合いだったとして、なのにその花を小さなヒツジがパクッと、そうさ、ある朝それと知らずにパクッと食べちゃうかもしれないっていうのに、きみは、そんなことどうでもいいって、そう言うのかい？」

彼は、今は頬《ほお》を真っ赤にしていました。そしてなおも続《つづ》けます。

「もしだれかが、何百万個《こ》っていう星たちのどれか一つに咲《さ》いてるたった一輪の花が好きだったら、その人は、そのたくさんの星をながめながら、《あの星たちのどれかにぼくの花が咲いている》と思うだけで幸せなんだ。でも、もし万一ヒツジがその花を食べてしまったら、その人にしてみれば世の中の星という星がみなとつぜん消えうせてしまうようなものじゃな

いか。それなのに、そんなことどうでもいいって、そう、きみは言うんだね！」

王子さまはそれきりなにも言えずに、いきなり泣《な》きだしてしまいました。

…いつのまにか日はとっぷりと暮《く》れています。僕は修理工具《しゅうりこうぐ》を放《ほう》り出し、もうかなづちのこともボルトのことも、のどの渇《かわ》きも、死と背中《せなか》合わせにいることも、すべて忘《わす》れていました。ある星の上、僕の住む地球という名のこの惑星《わくせい》の上に、なぐさめを必要《ひつよう》とする幼《おさな》い王子さまがいる、今大事なことは唯一《ゆいいつ》それだけでした。僕は彼を抱《だ》き上げ、しずかにゆすってあげながら言いました。

「きみの好《す》きなその花のことならね、心配はいらないさ…。ヒツジには、口輪《くちわ》を描いてあげるから…。花には、囲《かこ》いの絵を描いてあげるしね…。僕…僕…」

その先が続きません。こんなに口べたな自分がいやになります。どうしたら彼の心に触《ふ》れることができるのか、どこで彼の気持とまたいっしょになれるのか、僕はさっぱり分からないまま、ただひたすら途方《とほう》にくれるのでした。

涙《なみだ》の国のふしぎって、ほんとうに計《はか》りしれません。

8

ほどなく僕は、王子さまのその花について、より多くを知るようになりました。彼の星には、一重《ひとえ》の花びらを持ったいそう素朴《そぼく》な花が、もともと咲《さ》いてはいたのです。控《ひか》えめに伸《の》びて誰《だれ》のじゃまにもならず、朝、草むらにひっそりつぼみをひらいたかと思うと、夕方にはもう散《ち》ってしまっている、そういう花がもとからあったのです。けれども、王子さまが好《す》きになったという花はそんなのではなくて、どこか知らない星から飛んできたタネが、あるとき芽《め》をふいて伸びてきたものでした。

見なれないその若木《わかぎ》を、王子さまはしっかり目をはなさずに見張《みは》っていました。新しい種《しゅ》類《るい》のバオバブかもしれなかったからです。でもその若い灌木《かんぼく》は、じきに伸びるのをやめて、一輪《りん》の花をつける準備《じゅんび》をはじめます。大きなつぼみがどんどんふくらんでいく様子をつぶさ

に見守っていた王子さまは、そこからやがて世にもすばらしいものがすがたをあらわすだろうという予感《よかん》に胸《むね》をわくわくさせるのでした。しかしつぼみは、じっと緑色の小部屋に閉《と》じこもったまま、美しく美しく花ひらくためのお化粧《けしょう》をなかなかやめようとしません。――花びらのドレスの色合いを念入《ねんい》りに吟味《ぎんみ》しているのでした。そのドレスをゆっくり身にまといながら、一枚一枚《いちまい》ていねいに整《ととの》えているのでした。なぜって、ヒナゲシのように、しわくちゃな顔で出てきたくないからです。全身が光りかがやくほどの美しさに満《み》たされないかぎりは、すがたをあらわしたくないからです。ええ、そうなんです。彼女《かのじょ》はとってもおしゃれだったんです。だからそんなふうに、彼女の秘《ひ》められたお化粧は何日も何日も続《つづ》きました。

そして、ある朝のことです。お日さまが昇《のぼ》りはじめるそのちょうどおなじ時刻《じこく》に、とうとう彼女はそのすがたをあらわしたのでした！

ほんとうはそれほど念入りにお化粧をして出てきたというのに、彼女はわざとあくびをしながら、しらじらしくこんなことを言います。

「ああ、ねむい、ねむい。なかなか目が覚《さ》めないわ。ごめんなさい、こんなかっこうで。私、まだ髪《かみ》も梳《と》いていないの…」

《こんなかっこう》どころか、そのあまりの美しさに、王子さまの口からはつい感嘆《かんたん》の声が洩《も》れました。

「きれいだなあ！」

「きれいでしょう?…」、彼女はゆるりとした声でそう答えます。そして、

「私ね、お日さまといっしょに生まれたのよ」、そう言うのでした。

《あまり謙遜《けんそん》ということを知らない花だな》、王子さまは思いましたが、それにしても、とにかく息をのむような美しさです。

「そろそろ朝食の時間じゃないかしら」と言ったあと、ちょっと間《ま》をおいて彼女はさらに言いました。「私のことも忘《わす》れないでくださるわね…」

あたふたとじょうろを取りに走る王子さま、冷《つめ》たい水を汲《く》んできて花にかけてあげます。

――気は小さいくせにみえっぱりのこの花は、さっそくこうして王子さまをきりきり舞《ま》いさせるのでした。

たとえばある日のこと、彼女は、自分の四つの刺《とげ》のじまんをして、王子さまにこう言うのです。

「トラなんかが鋭《するど》いツメをかざしておそってきても、この刺があるから平気なの」

「ぼくの星にトラはいないよ」、心外《しんがい》だと言わんばかりに王子さまは言いました。

「それに、トラが草なんか食べるわけがないじゃないか」

「私は草じゃありませんわ」、彼女は妙《みょう》にゆっくりと答えました。

「ご、ごめん…」

「私、だからトラはぜんぜん平気だけれど、でも冷たい風はとてもいや。風よけになるついたてはあるかしら?」

《風はいや、だなんて…まあきのどくな花だこと。この子、けっこう気むずかしそうだな》、王子さまは思ったことでした。

「夜には覆《おお》いガラスをかぶせてね。あなたのとこ、とっても寒いんだもの。備《そな》えがちゃんとしてないんだわ、きっと。──私のもといたとこなんかはね…」

彼女はそう言いかけて、はっと口をつぐみました。タネのままでいた彼女に、ほかの世界がどうだったかなんて分かるわけがないのです。こんな見えすいたウソをつこうとしている自分に気がついた彼女は、さすがにきまりが悪かったのか、とっさにコホンコホンと二、三度見せかけの咳《せき》をしました。そして、まるで王子さまのせいで風邪《かぜ》をひいたと言わんばかりに、こう言うのでした。

「風よけのついたては？　まだなの？」

「取りに行こうと立ったときにきみが話しかけてきたもんだから…」

するとと彼女は、またよけいに見せかけの咳《せき》をして、王子さまの心をますます責《せ》めようとするのでした。

心をよせる彼女に王子さまは一生けんめい尽《つ》くそうとするのですが、なにしろ万事《ばんじ》そんな具合ですから、ほどなく彼は、彼女のほんとうの気持がまったく分からなくなってしまいました。彼は、彼女が口先で言うことをなんでもそのまま真《ま》に受けてしまったのです。王子さまにとって、不幸《ふこう》な日々がはじまりました。

王子さまは、振《ふ》りかえって僕にこう告白《こくはく》したものです。

《彼女のことばには耳を貸《か》さないほうがよかったんだ。花の言うことに耳をかたむけちゃいけないんだよ。花っていうのは、ながめたり香《かお》りをかいだりして楽しむものなんだ。ぼくのあの花は、ぼくの星じゅうをいい香りで一杯《いっぱい》にしてくれたけど、ぼくはそれを楽しむっていうことができなかった。あのトラのツメの件《けん》にしたって、ぼくはあのとき彼女の言うことにムッとしてしまったんだ。ほんとうは、むしろいじらしいと思ってあげなきゃいけなかった

のにね》
それからまた、こうも言いました。
《ぼくはあのとき、じっさいなんにも分かっちゃいなかった。彼女の言うことじゃなくて、ほんとうは、彼女のすることを通して彼女を見てあげるべきだったんだ。彼女はぼくをいい香りでつつんでくれた。ぼくに明るい光をあたえてくれた。だから、ぼくは彼女から逃《に》げだしたりすべきじゃなかったんだ。へたなウソを言ったりしてぼくを困《こま》らせたけど、その裏《うら》にある彼女のやさしさを、ちゃんと分かってあげなきゃいけなかったんだ。花ってほんとうに矛盾《むじゅん》した生きものなんだね。だけどぼくにはまだそんなことは分からなかった。彼女を愛《あい》するっていうことができるには、ぼくはまだとっても幼《おさ》なすぎたんだ》

9

王子さまはきっと渡《わた》り鳥《どり》の群《むれ》につかまって彼の星を離《はな》れたんだと、僕は思います。

出発の日の朝、彼は自分の星をきれいにかたづけておそうじしました。活火山《かっかざん》の噴火口《ふんかこう》も念入《ねんい》りにおそうじしました。火や煙《けむり》や灰《はい》を噴《ふ》く火山のことを活火山といいますが、それを王子さまは二つ持っていて、これは朝食のお茶をわかしたりするのにはたいそうべんりでした。休火山《きゅうかざん》、つまり、さしあたりは火の消えている火山というのも一つ持っていました。「いつまた爆発《ばくはつ》しないともかぎらないさ。世の中一寸《いっすん》さきは分からないからね」、いつもの口ぐせでそう独《ひと》りごとを言いながら、王子さまはこの休火山のおそうじもしました。

火山というのは、噴火口《ふんかこう》を、煙突《えんとつ》そうじをするようにちゃんとおそうじしていさえすれば、大きな噴火なんかしないで、しずかに規則《きそく》ただしく燃《も》えているものです。火山が大きな噴火をするのは、暖炉《だんろ》の煙突が火を噴くのと、原因《げんいん》はいっしょなのです。もちろん、僕たちの住

王子さまは火山を念《ねん》入《い》りに
おそうじしました。

む地球では、僕たち人間が山の大きさにくらべるとあんまり小さすぎて、火山のおそうじをするわけにはいきません。だから地球の火山はよく大噴火して、僕たちをとっても困《こま》らせるのです。

王子さまは、自分の星で見る最後《さいご》のバオバブの芽《め》を、どこか打ち沈《しず》んだ様《よう》子《す》で引き抜《ぬ》きました。もう二度とここにもどることはないだろう、そう彼は考えていたのです。今まで毎朝さんざんし慣《な》れたこの仕事ですが、それが今日はなにかとてもしみじみしたものに思えます。王子さまはそれから、彼の花に最後の水をあげました。彼女をいたわって覆《おお》いガラスをかぶせてあげようとしたとき、王子さまの目からつい涙がこぼれそうになりました。

「さよなら」、花に向かって王子さまは言いました。

「……」、花はなにも答えません。

「さよなら」、もう一度王子さまは言いました。

コホン、花はそのとき小さな咳《せき》をしました。もちろん風邪《かぜ》をひいているからではありません。

「私、ばかだったわ」、やっとのこと口をひらいて彼女は言いました。

「許《ゆる》してね…。どうかお元気で」

王子さまは、彼女がちっとも彼を責《せ》めたりしないのでびっくりしました。そして、覆いガラスを両手に抱《かか》えたままあっけにとられたように立ちつくしていました。彼女がどうしてこんなにしずかでやさしいのか、そのわけが分かりません。

「そうよ、ほんとうは、私だってあなたのことが好きなの。あなたはそれにちっとも気がつかなかったのね。私がばかだったせいだわ…。でもね、…今となってはどうでもいいことだけれど、あなたも私とおなじようにおばかさんだったと思うわ。

…どうかお元気で。その覆いガラスはしまってくださっていいわ、もういらないから」

「でも、冷《つめ》たい風が…」

「私の風邪のことだったら大丈夫《だいじょうぶ》。たいしたことありませんから…。夜風《よかぜ》はかえっていいのよ、私、こう見えても花ですもの」

「でも、獣《けもの》や虫たちが来たら…」

「チョウチョウとお友だちになりたかったら、毛虫の二匹《ひき》や三匹はがまんしなくっちゃね。チョウチョウって、それはきれいなんですってよ。そういうお友だちでも持っておかなかったら、だれも私を訪《たず》ねてきてくれはしないわ。そうでしょう? あなたは遠いところへ行ってしまうし…。そりゃ大きな獣だって来るかもしれないけど、私ちっともこわくはないわ。このツメがあるから」

むじゃきに、彼女はその四つの刺《とげ》を指《さ》し示《しめ》します。そしてこう言いました。

「さあ、ぐずぐずしてないで! いらいらするわね。もう行くって決めたんでしょう。だったらお行きなさい!」

そう、彼女は、泣《な》き顔を王子さまに見られなくなかったのです。それほどにみえっぱりな花なのでした。

10

王子さまは、たまたま小惑星《わくせい》325号、326号、327号、328号、329号、330号のあるあたりへ来ていました。このへんでなにか仕事をさがし、ついでに学校で勉強もさせてもらおうと彼は考えて、これらの星を訪《たず》ねることにしました。

最初の星には、一人の王さまが住んでいました。その王さまは、濃《こ》い紅色《べにいろ》の衣《ころも》に真っ白なアーミン*の毛皮をまとって、簡素《かんそ》な王座《おうざ》にすわっていました。とても簡素だけれど、でも堂々《どうどう》とした王座です。王子さまのすがたに気がつくと大きな声で、

「おお、家来《けらい》が来たか!」と言いました。

《一度もぼくに会ったことがないのに、どうしてぼくを家来だと思ったんだろう》、王子さまはふしぎに思いました。

（註）アーミン……日本名は貂《てん》。イタチに似《に》た動物。イタチよりいくらか大きい。

　彼は知らなかったけれど、王さまたちの目から見た世の中って、とっても単純《たんじゅん》なんです。要《よう》するにまわりの人たちみんなが家来なんです。

「近《ちこ》う寄《よ》りなさい。そなたのすがたをもっとよく見たいからの」、王さまは言いました。やっと家来のいる王さまになれたので大得意《とくい》でした。

　王子さまは、どこかにすわろうとあたりを見まわしましたが、王さまのりっぱな白アーミンの毛皮が星じゅうをすっかりふさいでいて、すわる場所《ばしょ》なんかありません。しかたなく立ったままでいたのですが、疲《つか》れていたのでついあくびをしました。すると王さまは言いました。

「王さまの面前《めんぜん》であくびをするとは無礼《ぶれい》なやつじゃ。これよりあくびは禁止《きんし》じゃ」

「が、がまんできなかったんです」、王子さまはうろたえながら言いました。

「今まで長い旅をしてきて、それにあまり眠《ねむ》っていないものですから…」

「なるほど。…それではこれよりあくびすることを命ずる。わしはもう何年もあくびする者を見ていないからの。あくびは、わしにとってはめずらしいものなのじゃ。さ、もいちどあくびをしなさい。命令《めいれい》じゃ」

「そんなに言われたらかえってできません」、王子さまは顔を赤らめて言いました。

「そ、そうか。では、こう命令しよう。時々あくびをして、その《時々》以外《いがい》のときにはじゃな、あくびを…」

そのまま王さまは口の中でなにかモグモグ言っていました。ちょっと気分を害《がい》している様子でした。というのは、王さまは、人々が王さまをうやまって、なんでも王さまの考えにしたがうということを、とても大事に思っているからなのです。命令にそむくことはぜったいに許《ゆる》さないのです。なにしろ絶対専制君主《ぜったいせんせいくんしゅ》*なのですから。——でも、たいそう気のいいこの王さまは、だれでも実行できるような無理《むり》のない命令以外《いがい》は出しません。

《わしが将軍《しょうぐん》に向かって、カモメになれと命令したとしよう。その将軍が、わしの命令にしたがわなかったとしても、それは彼の罪《つみ》ではあるまい。このわしが悪いのじゃ》、王さまはつねづねそう言うのでした。

「あの、すわってもいいでしょうか?」、王子さまがおずおずと聞きました。

「よろしい、すわりなさい。命令じゃ」と王さまは答えて、白アーミンの毛皮の、片方《かたほう》のすそをおごそかなしぐさでたぐりよせました。

…しかし、王子さまはふしぎに思いました。こんなに小さな星なのに、この王さまは一体なにを支配《しはい》しているっていうんでしょうか。

「陛下《へいか》、一つお尋《たず》ねしてもよろしいでしょうか…」


(註) 専制君主……政治《せいじ》の権力《けんりょく》をみなひとりで握《にぎ》って、なんでも自分の思い通りに行なう王さまのこと。独裁者《どくさいしゃ》(26ページ参照《さんしょう》)と似《に》ている。

「尋ねなさい。命令じゃ」、王さまはいそいで言いました。

「陛下は一体なにを支配しておられるのですか？」

「すべてをじゃ」、王さまはたいそうあっさりとそう答えます。

「すべてを、ですか？」

王さまは、そっと秘密《ひみつ》を教えるようなしぐさで、自分の星と、そしてほかの惑星《わくせい》や恒星《こうせい》のほうを指さしました。

「あれを全部？」、王子さまは言いました。

「そうじゃ、あれを全部じゃ」、王さまは答えました。

つまりこの王さまは、ただの絶対専制君主《ぜったいせんせいくんしゅ》じゃなくて、宇宙絶対専制君主だったのです！

「あの星たち、みんな陛下にしたがっているんですか？」

「もちろんじゃ。わしの命令にはたちまちしたがうぞ。わしは規律《きりつ》を乱《みだ》す者は許さんのじゃ」

すごい権力《けんりょく》だな、と王子さまは感心しました。そして、《もし、このぼくにそんな権力があったら、夕日を一日のうちに四十四回どころか七十二回でも、あるいは百回でも、いやそれどころか二百回でも、椅子《いす》をずらしたりすることなしにながめることができるのに…》と思いました。でも、そんなことを考えたりしたものですから、彼はなんだか急にしんみりした気持になりました。遠くに残《のこ》してきた自分の小さな星のことがむしょうになつかしくなってしまったのです。それで、思い切って王さまにおねがいをしてみることにしました。

「あの、ぼく、夕日が見たいのですが、もしできましたら、お日さまに、沈《しず》むようにと、命令してはいただけないでしょうか」

「…わしが将軍に向かって、チョウチョウみたいに花から花へと飛んでみよとか、悲劇《ひげき》の台《だい》本《ほん》を書いてみよとか、カモメになれとか命令したとする。そして、その将軍が命令にしたがわないとしたら、一体どちらがまちがっているかね。将軍かね、わしかね？」

「陛下のほうだと思います」、王子さまはきっぱりと答えました。

「その通りじゃ。人にはめいめい、その人のできることを要求《ようきゅう》するのが肝心《かんじん》なのじゃよ。道《どう》理《り》あっての権力じゃからの。もしそなたが王さまであったとして、そなたの臣民《しんみん》たちに、海へ行って身を投げよなどと命令したら、きっと革命《かくめい》が起こるじゃろうが。わしにはの、わしの臣民たちに服従《ふくじゅう》を要求する権利《けんり》があるのじゃがの、それは、わしの出す命令が、いつもかならず、実行《じっこう》の可能《かのう》な、道理にかなった命令だからなのじゃ」

「それで、ぼくの夕日は?」と王子さまは、一度なにか質問《しつもん》したらぜったい答を聞かずにはおかない、いつものくせで尋《たず》ねました。

「夕日は見せてやろう。お日さまにわしが命令してな。だが、めぐり合わせがよくなるまで待たねばならん。それが国を治《おさ》める者の知恵《ちえ》というものじゃ」

「めぐり合わせは、いつよくなりますか?」、王子さまは聞きました。

「それはじゃな…、えーと、えーと…」と王さまは大きな暦《こよみ》に目を通しながら言います。

「えーと、えーと、それは大体、えーと…うん、それは大体今日の夕方の7時40分ごろじゃろう。まあ見ていなさい。万事《ばんじ》わしの命令どおりになるからの」

「あーあ」、王子さまはあくびをしてしまいました。夕日の話がだめだったのでがっかりしてしまったのです。それに、もうなんだか退屈《たいくつ》してしまいました。

「もうぼくには、ここでしたいことはなにもありません。ぼく、また旅を続けようと思います」、王子さまは言いました。

「いや、行ってはならん」、やっと家来ができて得意《とくい》になっていた王さまは言いました。

「行ってはならん。そなたを大臣《だいじん》にしてつかわすからの!」

「え、なんの大臣に？」

「えーと…、そ、そうだ法務《ほうむ》大臣に！」

「だって、裁判《さいばん》にかけるような相手なんかいないじゃないですか」

「そりゃ分からん。わしはまだわしの王国を全部まわってみたことがないからの。もうすっかり年をとってしまって歩くのが大儀《たいぎ》なのじゃ。馬車があればいいのじゃが、置《お》き場所《ばしょ》に困《こま》るので持っていないのじゃよ」

「いいえ、ぼく、もう全部見ましたよ」、そう言ってしまってから王子さまは、すばやく首をのばして星の裏《うら》がわをのぞきこみます。「向こうがわにもだれもいません」

「…それでは、そなた自身を裁《さば》くというのはどうじゃ。それがいちばんむずかしい裁判じゃぞ。他人を裁くよりも自分自身を裁くほうがはるかにむずかしいからの。もしそれがちゃんとできたなら、そなたはまことの賢人《けんじん》じゃ」

「自分を裁くならどこかよそでもできます。だから、ぼく、べつにここに住みつく必要《ひつよう》はありません」

「それじゃ、えーと…うん、思うにわしの星にはどこかに年とったネズミがいるようなんじや。夜になるとコトコト音が聞こえるでな。あの年寄りネズミを裁くのはどうじゃ。時々死《し》刑《けい》の判決《はんけつ》を下《くだ》すのもよかろう。あのネズミの命《いのち》は、かくしてそなたのお裁き次第《しだい》じゃ。ただし死刑の判決を下したら、そのあとにかならず特赦《とくしゃ》*を出して許《ゆる》してやらねばいかんぞ。大事にしてやらにゃいかん。なにしろ一匹《いっぴき》しかいないネズミじゃからの」

「死刑の判決なんか下すのはいやです。じゃ、ぼく、そろそろ出かけます」、王子さまは言いました。

「いや、ならんぞ」、王さまは言いました。

しかし、王子さまはもうすっかり旅のしたくをしてしまっています。それでも、この年老《としお》いた王さまを悲しませないですむようにと思って、こう言いました。

「陛下、もし陛下の命令が、まちがいなく、すみやかに遂行《すいこう》されることをお望みでしたら、ぼくになにか一つ無理《むり》のない命令をお出しになるとよろしいと思います。たとえばですね、

（註）特赦……刑務所《けいむしょ》に入っている犯罪《はんざい》人の罪《つみ》を国が特別《とくべつ》に許《ゆる》して、その犯罪人を刑務所から出すこと。

《一分以内《いない》に旅立つように》とかいうような命令はいかがでしょうか。——めぐり合わせもよいようですし…」

王さまはなにも答えません。王子さまはちょっとためらいましたが、やがてあきらめたようにため息をつき、そして出発しました。

王さまはあわててさけびます。「そなたをわしの大使に命ずるぞ！」

そして、えらそうに胸《むね》を張《は》りました。

大人って、どうもよく分からないなあ、旅の道々王子さまはひとりそうつぶやくのでした。

11

二番目の星には、うぬぼれ男が住んでいました。

「そーらそら、おれさまの賛美者《さんびしゃ》が、ファンがやってきたな！」と、うぬぼれ男は、王子さまのすがたを見るなり遠くからさけびました。

うぬぼれ男の目には、まわりの人間はみな自分の賛美者なのです、ファンなのです。

「こんにちは。――なんだかへんな帽子《ぼうし》をかぶってますね」

「これは、あいさつするための帽子だ。おれさまに拍手《はくしゅ》かっさいする者たちに会釈《えしゃく》するための帽子さ。残念《ざんねん》ながら、このあたりを通りかかる者はまずないがね」

「あ、そうなの？」と答えたものの、相手の言うことが王子さまにはどうもよく分かりません。

「きみの両方の手のひらをいっしょにたたいてパチパチ音をたててくれ」、うぬぼれ男がこう言いますので、王子さまは両手をパチパチたたいてみました。するとうぬぼれ男は、頭にのった帽子をちょこんと持ち上げてあいさつします。

「こりゃ、あの王さまのところよりおもしろいや」、王子さまは心の中でそう思ってまた両手をパチパチとたたきました。うぬぼれ男は、また帽子をちょこんと持ち上げてあいさつします。

五分ほどそれを繰《く》りかえしているうちに、王子さまはこのゲームの単調《たんちょう》さに飽《あ》きてしまって、うぬぼれ男にこう言いました。

「その帽子を取って下におろすのが見たいときは、どうすればいいの?」

でもそれはうぬぼれ男には聞こえません。うぬぼれ男には、ほめことば以外《いがい》は決して耳に入らないのです。

「きみ、おれさまをほんとうに心から賛美《さんび》しているかね?」

「え、《さんび》って、それ、なに?」

「賛美っていうのはだな、この星じゅうでいちばんハンサムで、いちばんいい服を着ていて、いちばん金持ちで、いちばん賢《かしこ》いのがこのおれさまだってことをちゃんと分かってだな、それでもって、おれさまのことをすごいなあって思うことさ」

「でも、この星にはおじさん一人っきりしかいないじゃないの」

「いいからさ、おれさまを賛美しておくれよ。おれさまのためだと思ってさ」

王子さまはちょっと肩《かた》をすくめて言いました、「じゃ、ぼく、賛美するよ」

そして、「でも、賛美してもらったからって、いったいそれがなんになるの?」、そう言い残《のこ》してそこを立ち去りました。

大人って、なんだかとっても変だなあ、旅の道々王子さまはひとりそうつぶやくのでした。

12

次の星には、呑《の》んだくれが住んでいました。この呑んだくれとの出会いはとてもみじかかったのに、どういうわけか王子さまは、そのあと、とっても気がめいってしまいました。

「おじさん、そこでなにしてるの？」

酒びんが、空のも、まだ中味《なかみ》のつまっているのもいっしょにごろごろしているその前に無言《むごん》でへたりこんでいる呑んだくれを見て、王子さまが言いました。

「酒飲んでるんだよ」、呑んだくれは暗い声で答えました。

「どうしてお酒を飲んでるの？」

「忘《わす》れてぇんだ」

王子さまは、なぜかそれだけでもう彼のことがあわれに思えてしまいます。

「忘れたいって、なにを忘れたいの？」

「恥《は》ずかしいのを忘れてぇんだよ」、呑んだくれは首をうなだれて、すなおに答えました。

なんとか力になってあげられないかなあと思って、王子さまはさらに尋《たず》ねます。

「恥ずかしいって、一体なにが？」

「酒飲むのがよ」、そう言うと、呑んだくれはそれっきり黙《だま》りこくってしまいました。

…困った王子さまは、しかたなくそこを立ち去りました。

大人って、なんだかとっても変《へん》だなあ、旅の道々王子さまはひとりそうつぶやくのでした。

13

四番目の星は、実業家《じつぎょうか》の星でした。その実業家は、大変忙《たいへんいそが》しそうにしていて、王子さまがやってきたのに顔を上げようともしません。

「こんにちは。――タバコの火が消えてますよ」、王子さまは言いました。

「3プラス2は5、5プラス7は12。それに3を足すと15。こんちは。15プラス7は22、22プラス6は28。タバコの火どころじゃない。26プラス5は31。――ああ、やーれやれ！合計5億《おく》とんで162万2731個《こ》なりだ」

「5億って、なにが？」

「えっ？なんだ、まだいたのか。なに？この5億か？この5億とんで100万個っていうのはだな…えーと…ええい、もう忘《わす》れちまったよ。おれさまはなにしろ忙しいんだ。大事な仕事をしてるまっとうな人間なんだからな。よけいな質問《しつもん》なんぞにかかり合っちゃおれん！えーと、2プラス5は7と…」

「5億とんで100万個って、一体なんの数なの？」、一度なにか質問するとぜったい答を聞かずにおかない王子さまは、またそう繰《く》りかえしました。

実業家は顔を上げると、言いました。

「おれはもう五十四年この星に住んでるがな、仕事にじゃまが入ったのはたったの三度だけだ。一度目は、二十二年前、コガネムシが一匹《いっぴき》どこからか飛びこんできたとき。ブンブン、ブンブンとあんまりうるさくて、一回の足し算で四つもまちがいをしたよ。二度目は十一年前だ。リュウマチが出てひどい目にあった。運動不足《ぶそく》なんだなおれは。散歩《さんぽ》するひまもありゃしないんだ。なにしろおれさまは大事な仕事をしてるまっとうな人間だからな。――それにしてじゃまの三度目は、おまえさんだ！　それはそうと、今おれは合計5億とんで100万といくつって言ったっけな？」

「ねえ、その何億とかっていうの、一体なんの数なのさ？」

実業家は、どうもこの質問からはとうてい逃《のが》れられそうにないと観念《かんねん》して答えました。

「時々空に見える、あの何億っていう小《ち》っちゃなもののことだ」

「ハエのこと？」

「いいや、キラキラ光ってて小っちゃなやつさ」

「ミツバチのことかい？」

「いいや、ちがう。ぶらぶら遊んでばかりいる者どもに夢《ゆめ》を見させる、あのキラキラかがやく小っちゃなものさ。言っとくが、このおれさまは、大事な仕事をしてるまっとうな人間だからな、夢なんか見てるようなひまはないぞ」

「ああ、そうか！　星のことか」

「その通り。星のことだ」

「でも、5億《おく》の星を一体どうしようっていうの？」

「5億じゃない、5億とんで162万2

７３１だ。おれは大事な仕事をしてるまっとうな人間だからな、数には正確《せいかく》なんだ」

「でも、その星をどうするの？」

「どうするかって？」

「うん」

「どうもしないさ。持ってるだけさ」

「星を持ってるの？」

「ああ」

「でも、ぼく、このあいだ、ある王さまに会ったんだけど、その王さまはね、星を全部ね…」

「王さまなんていうのはな、なんにも持っちゃいないんだ。王さまは《支配《しはい》》するだけだ。《持つ》っていうのはな、《支配》するっていうのとはわけがちがうんだ」

「星を持ってるとなにかいいことがあるの？」

「星を持ってれば金持ちじゃないか」

「お金持ちだとなにかいいことあるの？」

「だれかがあたらしく星を見つけたら、そいつが買えるじゃないか」

この堂々《どうどう》めぐりは、このあいだの呑《の》んだくれの理屈《りくつ》にちょっと似てるな、と王子さまは思いましたが、それでもなお、いろいろと質問をしました。

「どうすれば星を持つことができるの？」

「じゃ逆《ぎゃく》に聞くが、あの星たちは一体だれのものかね？」、実業家は、すこしいらだった声で問いかえしました。

「知らない。だれのものでもないと思うけど」

「だったらおれさまのものさ。だって、おれさまがいちばん先に星を持とうって考えたんだからな」

「考えるだけでいいの？」

「その通りだ。おまえさんがだれのものでもないダイヤモンドの鉱石《こうせき》を発見したら、それはおまえさんのものだ。まだだれのものでもない島を見つけたら、それもおまえさんのものだよ。それから、おまえさんが今までだれも考えなかったことを思いついて、それを届《とど》け出たら、つまり特許《とっきょ》というものを取ったらだな、その思いつきだっておまえさんのものになるんだ。おれさまはな、あの星たちを全部自分のものにするっていう、今までだあれも考えなかったことを考えたのさ。だからあの星たちは全部おれさまのものなんだ」

「なるほど、そうかあ！……でも、あの星たちをおじさんはどうしようっていうの？」

「管理《かんり》するのさ。いくつあるのか勘定《かんじょう》するんだ。なんどもなんども勘定するんだ。そりゃあむずかしいぞ。だが、なにしろおれさまは、大事な仕事をしてるまっとうな人間だからな」

王子さまはそう言われてもまだ合点《がてん》がいきません。

「でも、たとえば自分のスカーフだったら自分の首に巻《ま》いて持って歩けるし、自分の花だったらつみ取って持って歩けるけど、星はつみ取るわけにはいかないね」

「そりゃそうだ。でも銀行にあずけることができるさ」

「え、それ、どういうこと？」

「それはだな、おれさまの持ってる星の数を小さな紙に書いてだな、そいつを引き出しにしまってかぎをかけておくのさ」

「それだけ？」

「そうだ。それだけでじゅうぶんだ」

《こりゃおもしろいや》、王子さまは思いました。《詩の中の話みたいで、ちょっと夢がある

ような…ん？　いやいや、そんなことはない。やっぱりあんまりまっとうなこととは言えないな》

王子さまは、なにがまっとうかっていうことについては、大人たちとはずいぶんちがった考えを持っていたのです。

「ぼくはね、花を一本持ってて、毎日水をやるんだ。火山も三つ持ってるから、毎週のようにそのどれかのおそうじをしてる。なにしろ火を噴《ふ》いてない火山のおそうじまでするんだよ。世の中一寸《いっすん》さきはどうなるか分からないからさ。――ぼくが火山や花を持ってるってことは、こんなふうにね、ちょっとはその火山や花のためになってるんだ。だけど、おじさん、おじさんはなんにも星たちのためになってやしないね」

実業家は、ぽかんと口をあけたきり、なにを答えたらいいか分かりません。そのまま、王子さまはそこを立ち去りました。

大人って、とにかくほんとうに変だなあ、旅の道々王子さまはつくづくそう思うのでした。

14

五番目の星は、とてもめずらしい星でした。それは、あらゆる星という星の中でいちばん小さな星だったのです。そこには街灯《がいとう》が一本あって、その街灯に火をともす点灯夫《てんとうふ》が一人いましたが、それだけでその小さな星はもう一杯《いっぱい》なのでした。こんな宇宙《うちゅう》のかたすみの、家もなく人も住まない星の上で、街灯と点灯夫とが一体なんの役にたつというのか、王子さまにはどうも合点《がてん》がいきません。でも、その一方でこのようにも考えました。

「もしかすると、この点灯夫もおかしな人なのかもしれないけど、でも、あの王さまや、うぬぼれ男や、実業家《じつぎょうか》や、呑《の》んだくれよりはましなはずさ。すくなくとも、この人の仕事には、なにか意味があるもの。——街灯に火をつけるのは、星をあたらしく一つ生み出したり、花を一輪《りんさ》咲かせたりするようなものだし、そして街灯を消すのは、こんどはその花や星を眠《ねむ》りにさそうためだ。とっても美しい仕事じゃないか。美しい仕事ってことは、じっさい役にたつ仕事ってことだ」

なにしろこりゃひどい仕事さ。

その星に降《お》りたった王子さまは、点灯夫に、尊敬《そんけい》の気持をこめて、ていねいに「こんにちは」とあいさつしてから、こう言いました。

「今、街灯の火を消したのはなぜなの？」

「職務上《しょくむじょう》のきまりだからさ」、点灯夫はそう答えたあとで、「おはよう」と言いました。

「《しょくむじょうのきまり》って、なに？」

「街灯の火を消すってことさ」と点灯夫は答えると、こんどは「こんばんは」と言いながら街灯に火をつけました。

「え、どうしてまた火をつけたの？」

「職務上のきまりさ」、点灯夫は答えました。

「分からないなあ」と王子さまは言いました。

「分かっても分からなくっても、きまりはきまりだよ。はいおはよう」と言って、点灯夫はまた街灯の火を消します。それから、赤いチェック模様《もよう》のハンカチでひたいをぬぐいました。

「なにしろこりゃひどい仕事さ。むかしはよかったんだよ。朝になると火を消して、夕方になると火をつける。昼間は休んでいられたし、夜は眠れたしね」

「で、今は《しょくむじょうのきまり》が変《か》わったの？」

「きまりは変わっちゃいないんだ。そこんところがまさに問題なのさ！　じつはね、この星のまわる速度《そくど》は毎年毎年どんどん速くなってきているんだよ。それなのにきまりは変わらないままなんだ！」

「ということは？」、王子さまが言いました。

「ということは、こうさ。今じゃこの星は一分間に一回転《かいてん》してるんだ。だから、おいらちっとも休む間がないんだよ。なにしろ一分間に一度ずつ、火をつけたり消したりするんだからね」

「奇妙《きみょう》だねえ！　おじさんとこでは一日が一分しかないの？」

「ちっとも奇妙なことはないさ。きみとおいらとはこれでもう一ヶ月も話してることになるんだぜ」

「一ヶ月？」

「そうさ。話しはじめて三十分経つだろう。つまり三十日さ。はいこんばんは」

そう言って点灯夫はまた街灯に火をともしました。

王子さまは、相手をじっと見つめました。そして、きまりを守《まも》ろうとこんなに一生けんめいはたらいているこの点灯夫が好きになりました。そして、以前《いぜん》、腰《こし》かけている椅子《いす》をずらしながら夕日を追いかけたことを思い出して、彼を助けてあげようと思いました。

「あのね、おじさんが休みたいときに休める方法《ほうほう》が一つあるんだけど…」

「おいらね、もしできることなら、今からもうずーっといつまででも休みたいよ」

（人ってだれでも、はたらき者の顔と怠《なま》け者の顔と、両方いっしょに持っているもののようです。）

王子さまは先を続《つづ》けて言いました。

「おじさんの星、大股《おおまた》に三歩も歩いたらひとまわりできるぐらい小さいでしょ。だからゆーっくり歩けばずーっとお日さまのいる側《がわ》にいられるじゃない。ということはね、昼間のお休みをたくさん取りたいんだったら、そうしてゆーっくり歩いていればおじさんの望むだけ昼間が続くでしょ」

「そんなの、なんにもおいらのためにはならないさ。おいらがしたいのはね、とにかく眠ることなんだよ」

「そりゃ困《こま》ったね」、王子さまは言いました。

「うん、困るんだよ。はいおはよう」、そう言って彼は街灯の火を消すのでした。

《王さまや、うぬぼれ男や、呑んだくれや、実業家たちは、あの点灯夫のおじさんのことをきっとばかにするだろうけど、でもぼくの目には、あの人だけがばかげて見えないただひとりの人だ。それはたぶん、あの人が自分自身のためじゃない何かに一生けんめい尽《つ》くしているからなんだろうな》、旅を続ける道々、王子さまはそう思ったものです。

そして、残念《ざんねん》そうにため息をついては、こうつぶやくのでした。

「ぼくは、あの人となら友だちになれそうだったなあ…。だけどあの星はあんまり小さすぎるよ。とっても二人分の広さはないもの」

このようにして王子さまは、この小さな小さな星をあとにしてきたのでした。24時間のうちに1440回の夕日が見られるという、そんなすばらしい幸せにも恵《めぐ》まれたこの星をです。

心残《こころのこ》りでした。でも、その心残りが、じつはやっぱりその1440回の夕日のせいだということは、できれば認《みと》めたくない王子さまでした。

15

六番目の星は、それより十倍も大きな星でした。そこには、大きな分厚《ぶあつ》い本をもう何冊《さつ》も書いている老学者《ろう》が住んでいました。

「おお、探検家《たんけんか》が来たか！」、老学者は王子さまのすがたに気づくなり大きな声で言いました。

王子さまはテーブルの上に腰《こし》をおろすと、ふうっとため息をつきました。なにしろもうずいぶん長い旅を続けてきたのですから。

「おまえさん、どこから来たのじゃな？」、老先生《ろう》は王子さまに尋《たず》ねました。

「その分厚い本はなんですか？　ここで一体なにをしてるんですか？」、王子さまは言いました。

「わしは地理《ちり》学者じゃ」、老先生が言いました。

「地理学者ってなに？」

「海や川や町や山や砂漠《さばく》がどこにあるかを知ってる学者のことじゃよ」

「それはおもしろそうだなあ。これこそちゃんとした仕事って言えるなあ」、王子さまはそう言いながら、老先生の住むその星をぐるっと見まわしました。こんなにりっぱな星は今まで一度も見たことがありません。

「とっても美しい星ですね。海があるんですか、この星には？」

「そりゃ、わしは知らん」、老先生は言いました。

「えっ！（王子さまはちょっとがっかりしました。）――じゃ、山は？」

「知らん」と老先生は言います。

「じゃ、町とか川とか砂漠があるかどうかも？」

「それも知らん」

「だって、おじいさん、地理学者なんでしょ？」

「その通り。しかしわしは探検家ではないからの。わしのところにゃ探検家が絶対的《ぜったいてき》に不足しておるのじゃ。探検家がただのひとりもおらんのじゃよ。町や川や山や大小の海や砂漠の数を勘定《かんじょう》しに出かけるのは地理学者の役目ではない。地理学者には、そのへんをうろうろ歩きまわるようなひまなんぞないからの。わしらは、わしらの書斎《しょさい》を離《はな》れずに仕事をするのじゃ。そのかわりわしらは、探検家たちを書斎に呼《よ》んで、いろいろ質問《しつもん》をして彼らの見てきたことを書きとめるのじゃよ。そして、その、探検家たちの報告《ほうこく》の中に、わしらにとっておもしろそうな話があったら、こんどは、その探検家がまともな人間かどうか、その人となりを調べさせるのじゃ」

「どうしてまた？」

「地理学の本を、ウソつきの探検家の話をもとにして書いたりしたら大変なことになるじゃろう。酒呑みの探検家にも気をつけにゃならん」

「どうして？」、王子さまは言いました。

「酔《よ》っぱらいには、ものが二つに見えるからの。ほんとうは山が一つしかないのに二つあると本に書いてしまったら、大変じゃろうが」

「探検家になったりしたら大変だっていう人、ぼく、一人知ってますよ」、王子さまは言いました。

「うん、そういう者はおるじゃろう。とにかく、わしらはまずそうして探検家の人となりを調べてな、大丈夫そうだということになったら、そこでこんどはその報告そのものがほんとうかどうかを調査《ちょうさ》するのじゃ」

「確《たし》かめに行くの？」

「いいや、確かめには行かん。めんどうじゃからの。そうではなくて、その探検家に証拠《しょうこ》の品を持って来《こ》させるのじゃ。たとえば、大きな山を発見したと言うのなら、大きな石をいくつか持って来させる」

そこまで言うと、老先生はやにわに色めきたってこう言いました。

「そうだ！　おまえさんも遠くからやってきたんじゃないか。りっぱな探検家じゃ！　それ、おまえさんの星の話をしてもらおうじゃないか！」

老先生はノートをひらき、鉛筆《えんぴつ》をけずりました。探検家の話はまずは鉛筆でメモしておくのです。あとでその探検家から証拠の品がとどくと、そこではじめてペン書きにするのでした。

「さてと?」、そう老先生にうながされて王子さまは言いました。

「え、ぼくのところですか? たいしたところじゃありませんよ。なにしろとっても小さな星なんです。——火山が三つあります。活火山《かっかざん》二つと、それと休火山《きゅうかざん》が一つ。休火山とはいっても、世の中一寸《いっすん》さきはどうなるか分かりませんから…」

「そうじゃな。世の中一寸さきはどうなるか分からんな」、老先生は言いました。

「花も一輪咲《りんさ》いてます」

「わしらは、花については書かんのじゃ」

「どうして? 花ほど美しいものはないのに!」

「花は無常《むじょう》のものじゃからの」

「え、《むじょう》って?」

「地理学の本というものはじゃな、あらゆる書物《しょもつ》の中でもっとも信頼《しんらい》のおける書物じゃ。そこに書かれていることは、いつの時代でも変《か》わらぬ真実なのじゃよ。山が動いて居場所《いばしょ》を変えたり、海の水が涸《か》れて陸になってしまったりすることはまずないからの。わしらは、永久《えいきゅう》に変わらないことがらだけを、本に書きとめるのじゃよ」

「でも、休火山が目をさまして活火山に変わることだってあるじゃないですか」、王子さまは老先生のことばをさえぎるように言いました。

そしてまた質問を繰《く》りかえします。

「ねえ、《むじょう》って、どういう意味ですか？」

「火山が眠《ねむ》っていようと起きていようと、わしらにとっちゃおなじことさ。どちらも山であることに変わりはない。活火山も休火山も、山は山じゃ」

「ねえ、《むじょう》って、ほんとうにどういう意味なんですか？」

一度なにか質問するとぜったい答を聞かずにいられない王子さまは、またそう繰りかえしました。

「《無常《むじょう》》とはな、《いつ消えてなくなるかもしれない》ということじゃ」

「ぼくの花、消えてなくなってしまうかもしれないの？」

「その通り」

《…ぼくの花は無常なのか…》、そう王子さまはつぶやきました。《なのに、身を守るための備《そな》えといったらたった四つの刺《とげ》だけ…。そんな彼女を、ぼくはあの星にたったひとり、おいてきぼりにしてきたんだ》

王子さまの心に、はじめて後悔《こうかい》の念《ねん》が起こります。…でもなんとか気をとりなおすと、老先生にこう尋ねました。

「ぼく、次はどの星へ行ったらいいと思いますか?」

「地球という惑星《わくせい》へ行ってみなさい。なかなかいいところらしいぞ」、老先生は答えました。

王子さまはふたたび出発しました。…ふるさとに残してきた、あの花を思いながら。

16

こうして七番目に訪《おとず》れた星が地球でした。

地球は、そんじょそこらの星とは星がちがいます。そこには、なんと、王さまが百十一人（もちろん、黒人の王さまたちも忘《わす》れず勘定《かんじょう》に入れての話です）と、地理学者が七千人と、実業家《じつぎょうか》が九十万人と、呑《の》んだくれが七百五十万人と、うぬぼれ屋《や》さんが三億一千百万人、つまり早い話、合計およそ二十億人の大人のひとたちが住んでいるのです。

電気というものが発明される前には、六つの大陸《たいりく》全体で四十六万二千五百十一人という、まるで一つの軍隊《ぐんたい》と言ってもいいぐらいの人数の点灯夫《てんとうふ》がやとわれていたというふうに言えば、地球の大きさをおおよそ想像《そうぞう》していただけるでしょう。

すこし離《はな》れたところから見ると、それはとってもすばらしいながめでした。この点灯夫たちの軍隊の動きは、オペラに出てくるバレエを思わせるような、じつに整然《せいぜん》としたものだったのです。まずはじめに、ニュージーランドとオーストラリアの点灯夫たちが登場《とうじょう》します。

彼らは街灯《がいとう》に火をつけると眠《ねむ》りにつき、するとこんどは、中国とシベリアの点灯夫たちが踊《おど》りはじめます。そして、いつのまにかその彼らも舞台《ぶたい》からすがたを消して、こんどはロシアとインドの点灯夫たちの番です。その次にはアフリカとヨーロッパの点灯夫たち、そのあとに南アメリカ、続いて北アメリカの点灯夫たちがあらわれます。この舞台登場の順序《じゅんじょ》は決して狂《くる》うことがありません。雄大《ゆうだい》な、みごとなながめでした。

ただ、一本しかない北極《ほっきょく》の街灯の点灯夫と、やはり一本しかない南極《なんきょく》の街灯の点灯夫だけが、ひまでのんきな生活をしていました。この二人は、年にたった二度はたらくだけでよかったのです。

17

なにか気のきいたことを言おうとするときって、どうしても多少ウソをつかなければならない部分が出てくるものです。じつは、地球の点灯夫たちについての僕の話にも、そういうたぐいのウソがちょっぴり混《ま》じっていました。地球のことを知らない人たちがあの話を聞くと、ひょっとして地球についてまちがったイメージを持ってしまうかもしれないという危険《きけん》を承知《しょうち》の上で、僕はあのようにお話をしたのでした。ですから念《ねん》のためにここで言っておくのですが、ほんとうは地球上で人間たちが住んでいる場所《ばしょ》というのは、全体から見ればほんのわずかでしかないんです。もし地球に住む二十億人の人間がみな、なにかの集会のときのように、立ったままぎっしりつめて並《なら》んだら、長さ二十マイル、幅《はば》二十マイルぐらいの広場《ひろば》に、らくに入ってしまうでしょう。太平洋《たいへいよう》のどんな小さな島にでも、人類《じんるい》全体がすっぽり入ってしまうんです。

もちろん大人のひとたちは、そんなことウソだと言うにちがいありません。彼らは、自分たちが地球上でとっても大きな場所を占《し》めていると思っているからです。自分たちを、バオバブみたいに大きな存在《そんざい》だと思っているからです。彼らに、「じゃ、ちょっと計算してみたら？」と言ってごらんなさい。大人たちはとても数字が好きだから、きっとよろこんで計算することでしょう。でも、きみたちは、そんな、学校で罰《ばつ》にもらう宿題みたいなつまらない計算にむだな時間をついやすのはやめましょうね。なんの足しにもならないことですから。きみたちはそんな計算なんかしなくたって、僕の言うことを信じてくれますものね。

さて、とうとう地球へとやってきた王子さまですが、あたりにまったく人のすがたが見えないのにたいそう驚《おどろ》きました。星をまちがえたのではないかと、ちょっと心配《しんぱい》になってきたところでしたが、ふと足もとを見ると、砂《すな》の上で、なにやら月の光に似《に》た色をした円《まる》い環《わ》が動いています。

「こんばんは」、王子さまが何気《なにげ》なく言いますと、「こんばんは」と答えたものは、それはなんと一匹のヘビでした。

「今ぼくが降《お》りてきたこの星はなんていう星？」、王子さまが尋ねると、

「地球さ。ここは地球の、アフリカさ」とヘビは答えました。

「ああ、そう！　…でも地球って、だれもいないところだね」

「ここは砂漠《さばく》だもの。砂漠にゃだれもいないさ。地球は大きいんだよ」とヘビは言いました。

王子さまはかたわらの石の上に腰をおろすと、星空を見上げてこう言いました。

「あの星たちはみんな、ぼくたちがいつの日かまたそこに、まよわず帰り着けるようにっていうんで、ああして光ってくれているのかしらね。…ぼくの星を見てごらん。ほら、今ちょうど真上《まうえ》に光ってるのがそうさ。…だけど、なんて遠いんだろう」

「きれいな星だね。…ところでここへは一体なにをしに来たんだい？」

「ぼく、ある花とうまくいかなくなってね…」、王子さまが答えます。

「ふーん」、ヘビが言います。

そのまま、二人は口をつぐみました。

「人間たちはどこにいるの？」、しばらくして王子さまがまた口をひらきました。「砂漠って、ちょっと寂《さび》しいね…」

…やがて王子さまは言いました。
「きみはへんな動物だなあ。指のように細くって」

「人間たちのところだって、寂《さび》しいことに変わりはないさ」、ヘビは言います。

――王子さまはしばらくのあいだじっとヘビを見つめていましたが、やがてこう言いました。

「きみはへんな動物だなあ。指のように細くって」

「でも、ぼくには王さまの指なんかより、もっとすごい力があるんだぜ」、ヘビは言います。

王子さまはちょっとほほえんで言いました。

「きみにそんなすごい力があるなんて思えないけどね。だってきみには足もないじゃないか。旅をすることすらできないじゃないか」

「どっこいぼくはね、きみなんかをとっても遠くまで連《つ》れていくことができるんだぜ。船が行けるとこなんかよりもずっと遠くへさ」

ヘビはそう言うと、王子さまの足首にぐるっと巻《ま》きつきました。まるで金のブレスレットのようでした。

「ぼくに触《さわ》れたやつはね、もと来た地面にもどってまた土になるんだ。…でも、きみは純《じゅん》真《しん》な子だしな、しかもどこかよその星からやってきたっていうし…」

王子さまはなんとも答えません。

「きみのようなかよわい者がこんな岩のゴツゴツした地球にやってくるなんて、かわいそうにな。もしいつの日か、ふるさとの星が恋《こい》しくてどうしようもなくなったら、そのときはぼくがなんとかしてやるぜ。ぼくの力はね…」

「分かった分かった。きみの言いたいことは、ぼくはみな承知《しょうち》してるんだ。でも、きみはまたどうしてなんでもかんでも、そう謎《なぞ》めかして言うんだい？」

「ぼくはその謎をぜんぶ解《と》くんだぜ」、ヘビは言います。

そのまま、二人は口をつぐみました。

18

果《は》てしのない砂漠《さばく》を、王子さまはただひたすら歩き続けました。そのあいだに出くわしたものといえば、たった一輪の花だけです。それは、花びらが三枚きりの、とるにたらない花でした。

「こんにちは」、王子さまが言いました。

「こんにちは」、花が答えました。

「人間たちがどこにいるか知りませんか?」、王子さまはていねいな口調で尋《たず》ねました。

　この花は、いつだったか隊商《たいしょう》が通っていくのを見たことがあります。

「人間? うん、いるわよ、そういうの。六、

七人いると思うわ。もう何年も前に一度見たことがある。だけど、今どこにいるかはまったく分からないわねえ。風に吹《ふ》かれるままあちこちさまよっているんじゃないかしら。なにしろ根っこがないんだから不自由《ふじゆう》よねえ」

「さよなら」、王子さまは言いました。

「さよなら」、花が答えました。

19

王子さまは、高い山に登ってみることにしました。これまでに知っている山といえば、やっとひざの高さぐらいの三つの火山だけでしたし、休火山《きゅうかざん》のほうなんかは、腰《こし》かけに使っていたくらいです。ですから、《こんな高い山の上からだったら、この星の全体と人間たち全部が、きっとひと目で見わたせるだろう》、そう考えたのでした。でも、じっさいに登ってみると、見えるものは、果《は》てしなく続《つづ》く、とげとげしい岩山ばかりです。

「こんにちは」、とくに当てもなく王子さまは言いました。

「こんにちは…こんにちは…こんにちは…」、こだまが答えます。

「きみたち、だれなの?」、王子さまが言います。

「きみたち、だれなの…きみたち、だれなの…」、こだまが答えます。

「ぼくの友だちになってよ。ぼく、ひとりぼっちなんだ」、と王子さま。

「ひとりぼっちなんだ…ひとりぼっちなんだ…ひとりぼっちなんだ…」、こだまが答えます。

この星ったら、からからに乾《かわ》いて、
とげとげしくて、よそよそしくて…。

王子さまは思いました。

「なんてへんな星なんだろう！　からからに乾《かわ》いて、とげとげしくて、よそよそしくて…。人間たちもまるでたいくつだ。ひとの言うことを、まるでこわれたレコードのように繰りかえすだけだもの。——ぼくの星には花が一輪咲《りんさ》いていて、いつでもまっ先に自分から口をひらいてなにかを言ってくれるのになあ…」

20

長いあいだ砂漠《さばく》と岩山と雪の中を歩き続《つづ》けた王子さまは、しかしついに一本の道を見つけました。言うまでもなく、すべての道は人間たちの住む場所《ばしょ》へと通じています。こうして、王子さまはとうとう人間たちのところへやってきたのでした。

「こんにちは」、王子さまは言いました。そこは、バラの花の咲《さ》きそろう庭でした。

「こんにちは」、花たちが答えます。

なんと、見ればその花たちは、みな、あの王子さまの花にうり二つではありませんか。

「き、きみたちは、なに?」、あっけにとられて王子さまは尋《たず》ねました。

「私たち、バラの花よ」、バラたちは答えます。

「ああ、そう…」

——王子さまは、この上なくみじめな気持でした。《私のような花は、宇宙《うちゅう》のどこをさが

してもないのよ》、王子さまの花は彼にそう言っていたのです。それがどうでしょう！　ここには、その彼女にうり二つの花が、なんと五千本から咲いているのです。この庭一つだけでもです。

王子さまは思いました。

「もしこれを彼女が見たらとっても傷《きず》つくだろうな。きっと、わざとすごい咳《せき》をするよ。バツの悪さから逃《のが》れようとして、今にも死にそうなふうをよそおったりするよ。

――そうするとぼくも、彼女を介抱《かいほう》してあげるふりをしなきゃならない。だって、でないと彼女、ぼくを、このぼくをさえ困《こま》らそうとして、こんどはほんとうに死んでしまうかもしれないもの…」

「ぼくは、この世にたった一本っていう特別《とくべつ》な花を持ってると思いこんで大得意《とくい》だった。でもその花は、ほんとうはただの平凡《へいぼん》なバラにすぎなかったんだ。そんな花を一本と、やっとひざの高さしかない火山を三つ持ってるからって（しかもうち一つはもうずっと消えたままかもしれないんだ）、そんなんじゃぼくはとってもりっぱな王子とは言えないや！」

王子さまは悲しくなって草の上に身を投げ出し、さめざめと泣《な》くのでした。

王子さまは草の上に身を投げ出して、
さめざめと泣くのでした。

21

そこへあらわれたのは一匹《いっぴき》のキツネです。

「こんにちは」、キツネが言いました。

「こんにちは」、王子さまはていねいな口調《くちょう》でそう答え、うしろを振《ふ》り向きました。でもそこにはなにも見えません。

「ここさ、リンゴの木の下さ」、声の主《ぬし》が言います。

王子さまはやっとそのすがたに気づいて言いました。

「きみはだれ？　なにかとってもすてきななりをしてるね」

「ぼく、キツネさ」、キツネは答えました。

「こっちにおいでよ。いっしょに遊ぼう。ぼく、とっても悲しいんだ…」、王子さまはキツネに言いました。

「きみと遊ぶってわけにゃいかないんだ。ぼくは飼《か》いならされたキツネじゃないからね」、

キツネが言いました。

「それは失礼」、王子さまは言いましたが、でも、ちょっと考えたあとで、こう言いました。

「《かいならす》って、それ、どういうこと?」

「きみ、この土地の者じゃないね。一体ここでなにをさがしているんだい?」

「人間をさがしてるんだよ。ね、《かいならす》って、どういうこと?」

「人間かあ。人間ってのは、鉄砲《てっぽう》を持ってて、それで狩《かり》をするんだ。やっかいな連中《れんちゅう》だよ。ニワトリも飼《か》ってる。ま、それだけがやつらのとりえさ。…きみ、ニワトリをさがしてるのかい?」

「ちがう。友だちをさがしてるんだよ。ねえ、《かいならす》って、一体どういうことなの?」

「――それはね、近ごろじゃとってもないがしろにされてることなんだけど、心と心をきずなで結ぶ、つまり《心を通《かよ》わせる》ってことさ」

「こころをかよわせる？」

「うん、そうさ。きみはぼくにとって、まだ世の何十万という男の子たちの中のただ一人にすぎない。きみっていう子がいなくたって、ぼくはべつにどうってことないんだ。きみのほうだって、べつにぼくを必要《ひつよう》としてるわけじゃない。きみから見ればぼくだって、世の何十万というキツネたちの中のただ一匹でしかないんだ。でも、きみがいったんぼくに心を通わせるとね、そのとたんにぼくたちは、お互《たが》いがお互いを必要とするようになるんだよ。きみはぼくにとってこの世でただ一人の特別な男の子に、ぼくはきみにとってこの世でただ一匹の特別なキツネになるのさ」、キツネはそう言いました。

「なんとなく分かってきたような気がする」、王子さまはそう言って、さらに続けました。

「あるところに花が一輪《いちりん》咲いてるんだ。…ぼくが思うに、その花はぼくに、こころをかよわせたんだ…」

「そういうことはあるかもしれない。地球の上じゃいろんなことが起こるからね…」、キツネは言いました。

「そうじゃない。これは地球の上の話じゃないんだ」、王子さまは言いました。

するとキツネは、たいそう興味《きょうみ》を持った様子で聞きました。

「ほかの星での話なのかい？」

「うん」

「その星には、狩人《かりうど》がいるかい？」

「いいや、いないよ」

「そいつぁいいや！　で、ニワトリはいるだろうね？」

「いいや、いない」

「ちっ、あちらが立てばこちらは立たず！」、そう言ってキツネはため息をつきました。

でも、また話をもとにもどしてこう言います。

「ぼくの生活ってね、単調《たんちょう》なんだ。ぼくはニワトリを追《お》っかける、人間どもはぼくを追っかける。ニワトリはどれもみなおなじすがたかたちをしてるし、人間どもも、ぼくにはみんなおなじに見える。だから、なんだか退屈《たいくつ》なんだ。でも、きみがぼくに心を通わせてくれたら、

そんなぼくの生活にも、あたたかい日の光がさすだろうと思うんだ。ほかのどの足音ともちがうただ一人の足音をぼくは聞き分けるようになる。人間の足音を聞くと、ふつうぼくは穴《あな》の中へ逃《に》げこんでしまうんだけど、きみの足音だけは、まるで音楽のように、ぼくをひょいひょいと穴の外へ誘《さそ》いだすんだ。それから、あそこを見てごらん。あの麦畑《むぎばたけ》が見えるかい。ぼくはパンは食べないから、麦なんてぼくにはなんの役にもたちゃしない。ということは、麦畑なんか見てもぼくはなにも思い起こさないってことさ。でも、それって、寂《さび》しいことなんだ。ところがね、きみのその髪《かみ》はとってもきれいな金色をしているだろう。もしきみがぼくに心を通わせてくれたら、とってもすばらしいことになるんだ。どういうことかっていうとね、ああいうふうに黄金色《こがねいろ》になった麦畑を見るたんびに、ぼくはきみのことを思い出すだろうってことなのさ。そしてね、ぼくはきっと、麦畑にそよぐ風の音をね、とっても好《す》きになるんだ…」

それからキツネは黙《だま》りこくって、しばらくのあいだじっと王子さまを見つめていましたが、やがて口をひらくと、こう言いました。

「もしよかったら、ぼくに心を通わせておくれよ」

「…うん、そうしたいのはやまやまなんだけど、でも、時間がね、そんなにないんだ。ぼく、友だちをさがさなきゃいけないし、たくさんいろいろなことを体験《たいけん》しなきゃいけないんだもの」

「ぼくたちがほんとうに体験できるものっていうのはね、自分から心を通わせたものだけなんだよ。――人間たちなんか、もうなにかを体験するなんてひまはとっくになくなってしまってる。彼らは、なんでもお店へ行ってできあいの品物を買うことに慣《な》れてしまっているだろう？ でも、できあいの友だちなんて売ってるお店はないからさ、つまり人間たちは、今じゃもう友だちなんて持たないようになってしまってるんだ。だからね、きみ、もし友だちがほしいって言うんなら、ぼくに心を通わせるがいいよ」

「でも、それにはどうしたらいいの？」、王子さまが言うと、キツネはこう答えました。

「かなり辛抱《しんぼう》がいるんだけどね。きみは、はじめぼくからすこし離《はな》れて、こんなふうに草の中にすわるんだ。ぼくはきみをこうして横目でチラッチラッと見てる。きみはなにも言わずに黙《だま》ってる。ことばは誤解《ごかい》を生むもとだからね。そうしてきみは、すわる位置《いち》を毎日すこしずつぼくの方へ近づけていくんだ」

あくる日、王子さまはまたその場所《ばしょ》にやってきました。

するとキツネは言います。

「おなじ時刻《じこく》にやってきてくれたらいいんだけどなあ。たとえばきみが午後四時にやってくるとするだろう。するとぼくは、三時には、もううれしくてそわそわしだすんだ。そして、時間が刻々《こくこく》と経《た》つにつれてどんどん幸せになっていくんだ。そうして四時になるだろう？ もう四時なんだよ！ なのにきみはまだすがたを見せないとするね。そうするとぼくは、もう不安《ふあん》になって心配になって、きみに会える幸せっていうのがどんなに貴《とうと》いものか、そのことが身にしみて分かるんだ。――でも、きみがね、いつも勝手《かって》気ままなときに来るっていうんだと、ぼくも一体何時になったら心の準備《じゅんび》をしていいものか分からないだろう？ だからね、つまり…秩序《［しきたり］》っていうものが要《い》るのさ」

「《しきたり》？ それ、なんなの？」、王子さまが言いました。

「これがまた、近ごろはとってもないがしろにされていることなんだけどね」、キツネは言います。

「これがあってはじめて、ある一日がほかの日とはちがう特別《とくべつ》な一日に、ある一時間がほかの時間とはちがう特別な一時間になるんだ。たとえばぼくをねらう狩人《かりうど》たちにだって、ちゃんと秩序《しきたり》があるんだよ。やつら、かならず毎週木曜日に村の娘《むすめ》たちと踊《おど》るんだ。だから木曜日って、ぼくにはとってもすばらしい日なのさ！　ぼく、その日だけはブドウ畑まで散歩《さんぽ》の足を伸《の》ばすんだ。でもさ、もし狩人たちがいつでも勝手なときに娘たちと踊るっていうんだとさ、毎日がまったくおなじ毎日になってしまうから、するとぼくには息の抜《ぬ》ける日っていうのがなくなってしまうだろう?」


そんなこんなで王子さまは、やはりこのキツネ君と心を通わせることになったのでした。

でも、旅をいそぐ王子さまの出発のときはすぐにやってきます。

「ああ！　ぼく、きっと泣《な》いちゃうよ」、キツネ君は言いました。

「でも、それはきみが自分でまいたタネだよ。ぼくは、きみがつらい思いをすることなんかちっとも望《のぞ》んでいなかったんだからね。心を通わせてほしいって言ったのは、きみのほうだよ」

「その通りさ」、キツネ君は言います。

「でも、きみは泣いちゃうんだろう?」と王子さまが言うと、

「その通りさ」とキツネ君は答えます。

たとえばきみが午後4時にやってくるとするだろう。
するとぼくは、3時には、もううれしくてそわそわしだすんだ。

「それじゃきみにはなんにもいいことないじゃないか」

「いや、いいことはあるのさ。黄金色の麦畑のおかげでね」、キツネ君は言うと、さらにこう続けました。

「もう一度バラの庭を見にいってごらん。きみの例《れい》の花はやっぱりこの世にたった一本しかない特別《とくべつ》な花なんだということが分かるはずさ。そのあとまた、ぼくにさよならを言いにここへもどっておいで。そうしたらぼくはきみに、秘密《ひみつ》を一つプレゼントするよ」

王子さまは、もう一度バラの花壇《かだん》を見に行きました。そして、そこに咲く花たちにこう言いました。

「きみたちは、やっぱりぼくのバラとはまるでちがう。ぼくにとってきみたちは、まだなんでもないただのバラなんだ。だれひとりきみたちと心を通わせてはいないし、きみたちのほうからだって、まだだれとも心を通わせたりはしていないからね。ぼくがはじめて出会ったときのキツネ君とおんなじさ。あのキツネ君もはじめは、ぼくにとってほかの何十万匹っていうキツネとおんなじだった。でもね、今じゃ彼はもうぼくの友だちになったんだ。つまり、ぼくにとってこの世にただ一匹だけの特別なキツネになったんだよ」

そう言われて、バラの花たちはみなとまどった顔をしました。

「きみたちはみんな美しいよ。でもぼくにとってはなんの意味も持たない花なんだ。きみたちのために、ぼくが自分の命を賭《か》けたりするようなことはないのさ。そりゃぼくの花は、ただの通りがかりの人から見たら、きみたちとおなじふつうのバラの花かもしれない。だけどぼくにとっては、彼女が、あのたった一輪《いちりん》のバラが、きみたち全員を合わせたよりももっと大事なんだよ。なぜって、彼女は、ぼくが自分で水をあげた花だからなんだ。覆《おお》いガラスもかぶせてあげたし、風よけのついたても立ててあげた花だからなんだ。毛虫も退治《たいじ》してあげた花だからなんだ（二、三匹くらいはチョウチョウになれるように見逃《みのが》してあげたけど）。不平《ふへい》も聞いてあげたし、じまん話も聞いてあげた。それから、時々は、彼女が黙《だま》っているときでさえ聞き耳を立ててあげた、そういう花なんだよ。つまり彼女は、ぼくの、花なんだ」

バラの花たちにこう言うと、王子さまはまたキツネ君のところへもどりました。

「さよなら」と王子さまは言いました。

「さよなら」とキツネ君も言い、そしてさらにこう続けました。

「さあ、きみにプレゼントしたい秘密《ひみつ》っていうのはこれなんだ。とっても簡単《かんたん》なことなんだけどね、《ものごとは心でしか見ることができない。ほんとうに大切なことは、目には見えない》っていうことさ」

「ほんとうに大切なことは、目には見えない…」、王子さまは、忘《わす》れないように口の中で繰《く》りかえしました。

「きみのバラがきみにとってこれほど大切なものになったのは、きみが彼女のために過《す》ごしたその時間のせいなんだ」

「ぼくのバラがぼくにとって大切なものになったのは…」、王子さまは、忘れないように口の中で繰りかえしました。

「人間たちはこの真理《しんり》を忘れてしまったんだ。でも、きみはそのことを忘れちゃいけないよ。心を通わせた相手には、ずうっと責任《せきにん》を負《お》わなきゃいけない。きみはきみのバラにたいして責任があるんだよ」、キツネ君は言いました。

「ぼくは、ぼくのバラに責任がある…」、王子さまは、忘れないように口の中でそう繰りかえしました。

22

「こんにちは」、王子さまが言いました。

「こんにちは」、転轍手《てんてつしゅ》が言いました。転轍機《てんてつき》とかポイントとかって呼《よ》ばれる、汽車のレールの分かれ道、その分かれ道の切り替《か》えをするのが転轍手です。

「なにをしてるの、ここで？」、王子さまが言いました。

「乗客たちをね、千人ずつまとめて区分けしてるんだ。彼らを乗せた列車を、おいらがここで右に行かせたり左に行かせたりするのさ」、転轍手が言いました。

そのとき、ライトをつけた特急《とっきゅう》列車が、ごうごうとかみなりのような音で、転轍小屋をふるわせながら通過《つうか》して行きました。

「みんな、あんなにいそいで、一体なにをさがしてるの？」

「自分がなんのために走ってるか、機関車《きかんしゃ》の運転士《うんてんし》だって分かっちゃいないさ」

そのとき、ライトをつけた二本目の特急列車が、こんどは反対の方向へ、ごうごう音を立てながら通過して行きました。

「みんな、もうもどって来ちゃったの？」、王子さまが聞きます。

「あれはおなじ乗客じゃないさ。反対方向へ行く列車だもの」

「あの人たちは、今までいたところが気に入らなかったの？」

「今いるところに満足《まんぞく》してるやつなんか、この世に一人もいやしないさ」

そのときまた、ライトをつけた三番目の特急列車が、ごうごう音を立てて通り過《す》ぎました。

「一番目の列車のお客を追いかけてるんだね」、王子さまが言いました。

「なんにも追いかけてやしないさ。みんな列車の中では、眠《ねむ》ってるかあくびしてるか、どっちかだ。子供たちだけが、窓《まど》ガラスに鼻を押《お》しつけて、外を見てる」

「子供たちだけは、自分のさがしている大切なものがなにかってことを知ってるからだね。――たとえばさ、ぼろきれでできた人形なんかが子供たちにはとっても大切なものになったりするんだけど、それはね、どうしてかっていうと、子供って、人形とお話ししながら何時間でもいっしょに過《す》ごすでしょ、その過ごした時間のせいなんだ。だから、その人形をとりあげられたりすると、子供たちは泣《な》いちゃうのさ」、王子さまは言いました。

「子供って幸せだなあ」、転轍手は言いました。

23

「こんにちは」、王子さまが言いました。

「こんにちは」、薬売《くすりう》りが言いました。

それは、のどの渇《かわ》きを鎮《しず》めてしまうという究《きゅう》極《きょく》の錠剤《じょうざい》を売る薬売りでした。週に一錠《いちじょう》ずつその薬を飲んでいれば、のどがまったく渇かないというのです。

「どうしてそんなものを売ってるの？」、王子さまが言いました。

「とーっても時間の節約《せつやく》になるからですよ。えらい先生方が計算されたところによりますとね、週に五十三分も節約できるそうでございま

すよ」、薬売りは言いました。

「で、その節約した五十三分をどうしようっていうわけ？」

「それはもう、なんでもしたいことをおやりになれば…」

《…もし、五十三分っていう時間を好《す》きに使えるっていうなら、ぼくだったら、泉《いずみ》に水を飲みにいくときの歩《あゆ》みをその分ゆーっくりにするけどなあ》、王子さまは思いました。

24

砂漠《さばく》に不時着《ふじちゃく》してからもう八日目に入っていました。この薬売りの話を王子さまは、残《のこ》っていた飲み水の最後《さいご》の一滴《いってき》が僕ののどを通っていったちょうどそのときに、僕に話して聞かせたのです。

「なるほど。ま、なかなかすてきな話ではあるね。だけど、この飛行機《ひこうき》をね、僕はまだ修理《しゅうり》できずにいるんだ。そして飲み水がね、もう一滴もなくなってしまったんだ。僕だって、たとえどんなにゆーっくりでも、泉《いずみ》に水を飲みにさえ行けるんだったら、そりゃどんなにかうれしいことだろうよ」

「ぼくの友だちのキツネ君が言うにはね…」、と王子さまは言いかけました。

「きみね、キツネ君の話はもういいよ」

「どうして?」

「僕たちはね、のどが渇《かわ》いてじきに死ぬんだ…」

王子さまは僕の言っていることの意味が分からないらしく、さらにこう言いました。

「たとえ死んでしまうかもしれなくたって、友だちがいたっていうのは、いいもんだよ。ぼく、あのキツネ君っていう友だちのいたことが、とってもうれしいんだから」

《この子には、僕が今どれだけせっぱつまった状況《じょうきょう》にいるかってことが、ちっとも分かってないんだなあ。彼はおなかがすいたりのどが渇いたりしないみたいだから、まあしかたがないんだろうけど…。まったくこの子は、ちょっとお日さまさえ照《て》ってれば、それで満足《まんぞく》なんだから…》、心の中で僕はつぶやきました。

でも、王子さまは僕を見つめると、その僕の内心《ないしん》のことばに答えるかのように、こう言うのです。

「ぼくものどが渇いた。…ね、井戸《いど》をさがしにいこう」

僕は、冗談《じょうだん》もほどほどにしてくれというそぶりをしました。こんな果《は》てしない砂漠《さばく》の上で行き当たりばったりに井戸をさがすなんて、まったくばかげています。――なのに、僕たちはいつのまにか歩きはじめていました。

何時間も、僕たちはただ黙々《もくもく》と歩き続けました。いつしか日は暮《く》れて、夜空には星が光りはじめています。のどの渇《かわ》きのせいですこし熱《ねつ》の出てきていた僕には、その星たちがまるで夢《ゆめ》の中のもののように思われました。頭の中では、さきほど王子さまの言ったことばがぐるぐるまわっています。――僕が、「きみもさぞのどが渇いてるだろうね?」と聞いた、その問いには答えぬまま、王子さまはただこのように言ったのでした。

「水は、心にもいいかもしれないね…」

僕は、王子さまがなにを言いたいのかよく分かりませんでしたが、でもそのまま黙《だま》っていました。彼にはどんな質問《しつもん》をしてもむだなことをよく知っていたからです。

王子さまは疲《つか》れていました。彼が腰《こし》をおろしたので、僕もそのそばに腰をおろしました。しばしの沈黙《ちんもく》のち、王子さまは言いました。

「星たちが美しいのは、ここからは見えない一輪《りん》の花のせいなんだ」

僕は、「うん、そうだね」、と答えると、月の光に映《は》える砂《すな》の紋様《もんよう》を黙って見つめました。

また王子さまが言います。

「砂漠《さばく》って、きれいだね…」

そう、ほんとうにその通りです。僕は砂漠がずっと以前《いぜん》から好きでした。——砂丘《さきゅう》の高みに腰をおろす。果てしない砂の広がりのほかに目に入るものはなく、耳にはなにも聞こえない。…けれどその砂の広がりがひそかに、何ものかを、目に見えないふしぎな何ものかをしずかに放射《ほうしゃ》している。

王子さまはさらに言いました。

「砂漠が美しいのは、目に見えないどこかに水を隠《かく》しているからだよ」

と、その瞬間《しゅんかん》、僕の中であっとひらめくものがありました。そう、砂漠がその砂の中からひそかに放射している、目に見えないふしぎなものの正体《しょうたい》が、分かったような気がしたのです。

小さいころ僕は一軒《いっけん》の古い家に住んでいました。そしてその家には、どこかに宝物《たからもの》が隠されているという、むかしからの言いつたえがありました。もちろん、まだだれもその宝物を見つけてはいませんでしたし、ひょっとすると捜《さが》そうとすらしていなかったかもしれません。でも、その言いつたえのせいで、僕には、僕のその家が、ふしぎな魅力《みりょく》を湛《たた》えたすてきな家に思えたものです。それは、つまり、その家がその奥深《おくふか》いところに秘密《ひみつ》を一つ隠していた、そのせいだったのです。

「そうなんだ。家でも星でも砂漠でも、それが美しいのは、その奥《おく》に隠《かく》された目に見えない大切なもののせいなんだ」、僕は王子さまに言いました。

「うれしいな、きみが、ぼくのキツネ君とおなじ考えだなんて」、王子さまは言いました。

王子さまが眠《ねむ》ってしまったので、僕は彼を抱《かか》え上げ、また歩きはじめました。歩きながら、僕の心は感動にふるえていました。僕の腕《うで》に抱えられたこの幼《おさな》い王子さまが、なにか、とてもこわれやすい大切な宝物《たからもの》のように思えたからです。この世にこれよりこわれやすいものはないだろうという気さえするのでした。
月明かりの中で、彼の青白いひたいや、閉《と》ざされたまぶたや、風になびく髪《かみ》を見つめながら、僕は思いました。《…僕の目に今こうして映《うつ》っているのは、この子のうわべにすぎない、外側《そとがわ》の殻《から》にすぎない。その奥に隠されたいちばん大切なもの、それは目には見えないんだ》
うっすらひらいた王子さまのくちびるに、時おりかすかな笑《え》みが浮《う》かびます。それを見て僕はさらに思うのでした。《この子の寝顔《ねがお》がこんなに僕を感動させるのは、一輪のバラの花にささげる誠実《せいじつ》な愛《あい》が、彼の胸の奥に秘《ひ》められているせいだ。——その愛するバラのすがたは、美しいおもかげとなって彼の心に深く刻《きざ》まれている。そして、彼が眠っているときでさえ、ランプの炎《ほのお》のように彼の心の中を明るく照《て》らしている。彼の寝顔がこんなに美しいのは、彼の心に刻《きざ》まれたそのバラの花の美しいおもかげのせいなんだ》

すると僕には、この子の存在《そんざい》が、ますますこわれやすい大切なものに思えてくるのでした。…ランプの灯《ひ》はしっかり守ってやらないといけない。ちょっとした風でもすぐに消えてしまうものだから…。

そんなことを思いながら歩き続けて、僕は、夜明け近くにとうとうその井戸を発見したのでした。

25

王子さまは言います。

「人はみな先をあらそって特急列車《とっきゅう》に乗りこもうとしてるけど、一体なにを求《もと》めてそうするのかっていうことは、もう自分でも分からなくなってしまってるんだ。だからみんな不安《ふあん》に駆《か》られて、それでおなじところをぐるぐるまわっているんだよ」

そして、こう続けました。

「そんなにあくせくしたってはじまらないのにね…」

僕たちがたどりついた井戸《いど》は、サハラ砂漠《さばく》によく見られる井戸とはちょっと様子がちがっていました。砂漠の井戸は、もともと地面に掘《ほ》った、ただの深い穴《あな》のようなものです。ところが、僕たちの見つけたこの井戸は、ふつう、人の住む集落《しゅうらく》に見られるような、そういう井戸だったのです。なのに、そこには村もなにも見あたりません。なんだか夢《ゆめ》を見ているようでした。

「こいつは妙《みょう》だな。みんなちゃんと揃《そろ》ってるぞ、滑車《かっしゃ》も、つるべ桶《おけ》も、綱《つな》も…」、僕は言いました。

王子さまは笑《わら》いながら、綱に手をかけて滑車を動かします。すると滑車は、長いあいだ眠っていた古い風見鶏《かざみどり》が久しぶりの風に吹《ふ》かれて《ギィ》と軋《きし》むような、そんな音を立てるのでした。

「ね、聞こえる？　ぼくたち、この井戸の目を覚《さ》まさせてあげてるんだよ。ほらね、歌ってるでしょ？」

「これは僕にまかせなさい。きみには重すぎる」

僕は、王子さまに力仕事をさせたくなかったので、彼から綱を引きとり、ゆっくりと桶《おけ》を引き上げて、それを井戸の縁《ふち》にまっすぐ垂直《すいちょく》に置《お》きました。僕の耳には、まだ滑車のカラカラという歌が残り、揺《ゆ》れ続ける水の表面には、お日さまがゆらゆらと漂《ただよ》いながら光っています。

「ぼく、その水飲みたいな。一口いいかい？」、王子さまは言いました。

そして、そのとき僕は、王子さまの求めていたものがほんとうはなんであったかということに、やっと気づいたのでした。

というのは、僕が桶《おけ》を彼の口もとへ差《さ》し出すと彼はしずかに目を閉《と》じてその水を飲むのでしたが、その様子には、なにか大切なお祝《いわ》いの儀式《ぎしき》をとりおこなうかのような、そんなしっとりとした趣《おもむ》きがあったのです。――そう、彼にとってのこの水は、のどの渇《かわ》きをいやすために飲む水とはまったく性質《せいしつ》のちがうものでした。それは、星空の下を二人で夜通し歩き続けた末《すえ》にやっとさがし当てた井戸から、僕が、滑車のギィギィ歌う音とともに、よいしょよいしょと、彼のために汲《く》み上げた、そういう水だったのです。贈《おく》り物だったのです。親《した》しい人からの贈り物のように、心《いい》をしっとり潤《うるお》すものだったのです。

子供のころ、クリスマスのプレゼントが幼《おさな》い僕にとって夢のようにキラキラしたものだったのは、それが、クリスマスツリーにともされたろうそくの灯《ひ》や、真夜中に教会に出かけて聞くミサの音楽や、みんなのやさしい笑顔《えがお》や、そうした、心を明るく照《て》らすいろんなものに彩《いろど》られて光りかがやいていたからなのでした。王子さまにとってのこの水も、それとまったくおなじことだったのです。

王子さまは笑《わら》いながら綱《つな》に手をかけて滑車《かっしゃ》を動かしました。

「きみの住む地球の人たちは、一つの庭だけでバラを五千本も咲《さ》かせてる。でも、その人たちのほんとうに求めてるものがそこに見つかるかっていうとね、ぜんぜんそうじゃないんだ」

「そう、見つからないんだ」、僕は答えました。

「ほんとうは、たった一本のバラの花にだって、ほんのひとすくいの井戸水《いどみず》にだって、求めるものは見つかるかもしれないのにね」

「その通りだよ」、僕は答えました。

王子さまはさらに言いました。

「だけど、目にはね、そういうものは見えないんだ。だから心でさがさなきゃだめなんだよ」

僕はがぶがぶっと水を飲みました。そしてホーッと大きく息をつきました。夜明けの砂漠は蜂蜜《はちみつ》色をしています。この美しい蜂蜜色が、今僕ののどをうるおした水とともに、僕をうっとりと夢見《ゆめみ》ごこちにさせます。

なのになぜか僕の心に悲しみの翳《かげ》がさしていたのは、あれは一体なんだったのだろう…?

した。

「約束《やくそく》、忘《わす》れないでね」、僕の傍《かたわ》らにまた腰をおろしていた王子さまが、そっと僕に言いました。

「え、約束って？」

「ほら…ヒツジにつける口輪《くちわ》のことさ。…ぼくにはあの花を守ってあげなきゃならない責任《せきにん》があるんだから」

僕は、ポケットから今までに描《か》いたいろいろなスケッチを取りだしました。王子さまはそれを見るなりハハハと笑ってこう言います。

「きみのバオバブったら、まるでキャベツかなんかみたいだね」

「ええっ、ひどいなあ！」

僕、このバオバブにはとっても自信《じしん》があったのに！

「このキツネ君の絵も…この耳…これじゃなんだか角《つの》みたいだ…。これは長すぎるよ」、そう言って彼はまたハハハと笑うのでした。

「王子君、そんなにきびしいこと言わないでおくれよ。なにしろ僕はボアの内がわと外がわとしか描いたことがなかったんだからさ」

「アハハ、大丈夫《だいじょうぶ》、大丈夫！　ほんとはね、バオバブの絵もキツネ君の絵もそんなに捨《す》てたもんじゃない。すくなくとも、子供たちにはこれがなんの絵かってこと、ちゃんと分かるからね」


そんなこんな言いながら僕は、ヒツジにつける口輪の絵を描いたのでした。けれど、描き終えた絵を彼にわたそうとしたとき、とつぜんなにか得体《えたい》のしれない胸《むな》さわぎに心を締《し》めつけられるような気がしました。

「きみ、なにか僕の知らないことをたくらんでいるね？」

王子さまは、それには答えずにこう言います。

「あのね、ぼくがこの地球に降《お》りてきてから、あしたがちょうど一年目なんだ」

それからしばらく口をつぐんだのち、

「ぼくが降りてきた場所《ばしょ》、このすぐ近くなんだ」、そう言って、頬《ほお》を心なしか紅潮《こうちょう》させるのでした。

僕は、ふたたびなにか理由の分からない悲しみにおそわれ、その一方でとつぜんある一つの疑《うたが》いが頭をよぎりました。

「…ということは、僕たちが出会った八日前の朝、きみが、遠く遠く千マイルも人里離《はな》れた砂漠《さばく》のまんなかをたった一人っきりでさまよってたっていうのは、あれは決してやみくもにそうしてたわけじゃないんだね！　降りたった場所へもどろうとする、その途中《とちゅう》だったんだね！」

王子さまの頬に、またかすかな赤味がさします。

僕は、おそるおそる念《ねん》をおすような口調でさらに言いました。

「一年目の日が近づいていたからなんだ…たぶん。…そうなんだね？」

彼の頬がまた染《そ》まりました。

——今まで王子さまは、なにを聞かれても決してそれに答えたことがありません。でも、こうして彼の頬が染まるっていうのは、きっと《はい》の返事にちがいないのです。きみたちだってそう思いますね？

「ああ、心配《しんぱい》だなあ…」、僕は言いました。

しかし、王子さまは言います。

「さあ、きみはまだ修理《しゅうり》の仕事を続けなくっちゃね。だから、これから飛行機のところへもどるだろう? ぼくはここできみを待ってるから、あすの夕方またここへおいで」

でも、僕の胸《むな》さわぎはおさまりません。王子さまと友だちになったっていう、あのキツネ君のことが脳裡《のうり》にうかびました。

心の通った友を持つということは、別《わか》れの涙《なみだ》もかくごしなきゃいけないということ…

26

井戸の傍《かたわ》らには、くずれかけた古い石の壁《かべ》がありました。翌日《よくじつ》の夕方、修理《しゅうり》の仕事を終えた僕がその場所にもどってくると、その石壁《いしかべ》の上に腰《こし》かけて両足をぶらぶらさせている王子さまのすがたが遠目《とおめ》に見えました。そして、彼のこう言っている声が聞こえます。

「じゃあ、覚《おぼ》えてないって言うのかい？　ぜんぜんちがうんだ、ここじゃあないんだよ」

ここで、まちがいなく、もう一つの声が王子さまになにかを言ったはずです、というのは、王子さまがすぐにこう言ったのですから。

「いやいや、そうじゃない、今日であることにまちがいはないんだ！　でも、場所はここじゃなかったんだよ」

僕はそのまま石壁のほうへ向かって歩き続けました。しかし僕にはまだ王子さま以外《いがい》のだれのすがたも見えず、だれの声も聞こえません。にもかかわらず王子さまは、またたれかに答えてこう言うのです。

「そうそう、その通り。砂《すな》の上のぼくの足あとが、どこからはじまっているか、それを見てくれれば分かるんだ。そして、そこでぼくを待っててくれさえすればいい。そこへ今夜行くからね」

僕は、もう石壁から二十メートルのところまで来ていましたが、やはりまだなにも見えません。王子さまは、ちょっと沈黙《ちんもく》したのちにこう言いました。

「きみの毒《どく》はよく効《き》くかい？ 長く苦しまないって保証《ほしょう》するかい？」

僕はドキッとして思わず立ちどまりました。胸《むね》が苦しくなりました。でも、一体なんのことなのか、まださっぱり分かりません。

「さあ、もうあっちへ行って…。ぼく下へ降《お》りたいから」

僕もそれとともに目を石壁の下のほうへ移《うつ》してびっくり！ あっと思わず飛び上がりました。ヘビです。一匹のヘビが王子さまのほうへまっすぐ鎌首《かまくび》をもたげているではありませんか。そう、いったん咬《か》まれたら、きみたち子供なんか死ぬまで三十秒とはかからないという猛毒《もうどく》を持つ、あの黄色いヘビがです。僕は、いそいでポケットの中のピストルを探《さぐ》ると、そのまま駆《か》け出していました。しかし、僕の足音に気づいたヘビは、立てていた鎌首《かまくび》を、噴水《ふんすい》

さあ、もうあっちへ行って…。ぼく下へ降《お》りたいから。

の水がすうっと止まるときのようにするするとしずかに砂の上へ引きもどしたかと思うと、カラカラという軽い金属音《きんぞくおん》をたてながら傍《かたわ》らの石ころのあいだにすべりこみ、そして悠然《ゆうぜん》とその奥《おく》へ消えて行くのでした。

僕はやっと石壁にたどりつき、降りようとしていた王子さまをちょうど両腕《りょううで》で受け止めることができました。彼の顔色はまるで雪のように蒼白《そうはく》です。

「一体なんてことだ！　きみはいつからヘビなんかとつき合うようになったんだい！」

僕はとにかく、王子さまの首にいつも巻《ま》きついている金色のスカーフを取りました。そして、彼のこめかみを水でしめして冷《ひ》やし、それから一口水を飲ませました。もう、なにかを問いただしたりできるような状態《じょうたい》でないことはあきらかです。彼は苦しそうに眉《まゆ》をよせて僕を見つめ、両腕を僕の首にまわしてきました。僕のからだに伝《つた》わってくる彼の心臓《しんぞう》の鼓動《こどう》は、まるで鉄砲《てっぽう》で撃《う》たれて虫の息になっている鳥のそれのようでした。

「きみの飛行機、故障《こしょう》の原因《げんいん》が分かってよかったね。これでもう、家へ帰れるね…」、王子さまは言いました。

「きみ、一体どうしてそのことを知ってるんだい！」

僕はじっさい、てっきりだめかとさえ思っていた飛行機の修理《しゅうり》がうまくいったことを彼に知らせようと思って、駆《か》けつけてきたところだったんです。

王子さまは、僕の質問《しつもん》には答えずにこう言いました。

「ぼくも、今日、帰るんだ…」

それから、暗い声でこう言うのです。

「でも、ぼくんとこはきみの家よりずっとずっと遠いんだ。帰るのはとっても大変《たいへん》なんだよ…」

僕は、なにかとんでもない危険《きけん》が王子さまの身にせまりつつあることを感じ、彼のからだを、幼い子を抱《だ》くようにしっかりと抱きしめました。しかし、そうしながらも僕は、その彼のからだが、たとえどんなにしっかりつかまえていても僕の腕をすり抜《ぬ》けて暗い深淵《しんえん》へまっさかさまにすべり落ちていってしまうような、そんな気がしてならないのでした。

彼のただならぬ視線《しせん》は、まるで遠い遠い一点をじっと見つめているかのようです。それでも、「ぼく、きみが描いてくれたヒツジ、持ってるよ。ヒツジを入れる箱も、それから口輪《くちわ》も…」、そう言うと、暗く沈《しず》んだ表情《ひょうじょう》をかすかにほころばせるのでした。

長い時間、僕は王子さまを見守っていました。ありがたいことに、彼はすこしずつ元気を回復《かいふく》してくる様子でした。

「王子君、きみ、こわかったんだね…」

もちろんです。こわかったに決まっています。けれど彼はしずかに笑《え》みを浮《う》かべながら、こう言うのでした。

「ぼく、今夜はきっと、これよりずっとこわい思いをするんだ…」

僕の背《せ》すじにまた冷《つめ》たいものが走《はし》りました。すべてがもう手のほどこしようのないところまで来てしまっていることを、僕はそのときはっきりと悟《さと》ったのです。《もう、この子のあのかわいい笑《わら》い声は二度と聞かれなくなるんだろうか…》、そう思うと僕は堪《た》えられない気がしました。彼の笑い声は、僕にとって、砂漠のまっただ中で遭遇《そうぐう》する泉《いずみ》のようなものだったのですから。

「王子君、僕はこれからもまだまだ、きみの笑い声を聞いていたいんだよ」

けれど、王子さまは言います。

「今夜がちょうど一年目なんだ。ぼくが去年降《お》りて来た場所《ばしょ》のちょうど真上に、ぼくの星が来るんだよ」

「きみ、そんなの、みんな悪い夢の中の話じゃないのかい？　ヘビだの、ヘビとの待ち合わせだの、星だのっていうのは。ね、ちがうかい？」

　それには答えないまま、王子さまはこう言いました。

「ほんとうに大切なものってね、目には見えないんだ…」

「うん、その通りさ」

「花にしてもそうなんだ。もしきみが、どこかの星に咲《さ》いている花を好きだとしたら、きみにとって、夜空を見上げるっていうのはとってもすてきなことなんだよ。なぜって、どの星にもみんな、花が咲《さ》いているように見えるからね」

「うん、そうだね」

「水だってそうさ。きみがぼくに飲ませようと汲《く》んでくれた水、あの水はまるで音楽みたいだった…。滑車《かっしゃ》の音と綱《つな》の音でね…。覚《おぼ》えてるかい…。いい水だった…」

「うん、そうだね」

「夜、きみが星空を見上げるよね？　あいにく、ぼくの星はあんまり小さすぎて、《ほら、あそこにぼくの星が見える》というふうに教えてあげることはできないんだ。でもね、それでいいんだよ。――きみはきっと、たくさんある星たちの中のどこかにぼくの星があると思って、そのたくさんの星たちみんなを、僕の星にたいするのとおなじ気持でながめるようになるからね。そうしたら、その星たちみんながきみの友だちになるだろう？」

「それから、ぼく、きみに一つプレゼントがあるんだ」、そう言うと、王子さまはちょっと笑ってみせました。

「ああ、王子君、王子君、僕はきみのその笑い声がとっても好きなんだ」

「これさ、このぼくの笑い声が、ぼくからきみへのプレゼントさ。きみがぼくに汲《く》んでくれたあの水とおなじようにね」

「それ、どういうことだい？」

「星の持つ意味っていうのは、人によっていろいろなんだ。旅人たちにとっての星は道しるべだけど、そうでない者にはただの小さな明《あ》かりでしかないよね。学者たちにとっての星は、なかなか解《と》けない謎《なぞ》のようなものだし、ぼくの出会った実業家《じつぎょうか》さんにとっての星たちは、お金のようなものだった。――でもね、そういう星っていうのはみんな、ただなにも言わずに黙っている星さ。ところがきみは、ほかのだれも持っていないような星を持つことになるんだ」

「というと？」

「きみが夜空を見上げるよね？　ぼくはその夜空に光るたくさんの星たちの中の一つに住んでいて、そしてそこでいつもハハハと笑ってる。そのことをきみは知ってるから、だからきみの目には、すべての星たちがみんな笑っているように見えるっていうことさ。きみはつまり、笑うことのできる星たちを持つってことになるわけさ！」

そう言って彼は笑いました。

「それに、別《わか》れの悲しみが過ぎ去ってしまえば（悲しみなんて、そういつまでも続きゃしないさ）、きみは、ぼくと出会えてよかったなあって、落ちついた気持で思えるようになるからね、そうしたらきみは永遠《えいえん》にぼくの友だちさ。きみは、ぼくといっしょに笑おうって気になって、時々、そう、ふと思い立って窓《まど》をあけるんだ。きみの友人たちは、星空を見上げながらにこにこ笑っているきみを見てギョッとするよ。するときみは言うんだ。《そうさ、星たちが僕をこうしていつも笑わせるのさ！》――彼らはきっと、きみのことを、《こいつはてっきり気がちがったな》って思うよ。ハハハ、そうしたらぼくは、きみにたいして、とっても悪いいたずらをしたことになるわけだね」

こう言って王子さまはまた笑います。そしてさらに続けました。

「でも、そうなったらね、ぼくはきみに、星じゃなくって、《笑う鈴《すず》》ってのをたくさんプレゼントしたことになるよね」

そう言って彼はまた笑います。——しかし、こんどはすぐ真剣《しんけん》な表情《ひょうじょう》にもどると、こう言うのでした。

「今夜はね…いいかい…来ちゃだめだよ」

「僕、きみを一人にはしないよ」

「ぼく、きっと苦しそうにすると思うんだ…。いまにも死んでしまいそうな様子だってするかもしれない。でもそれはそういうもので、避《さ》けられないんだ。だから、きみが来てもしょうがないんだよ」

「僕、きみを一人にはしない」

王子さまはしかし、心配そうな顔つきで言います。

「…だってさ…ヘビがいるんだよ。もしきみが咬《か》まれたりしたらたいへんだもの。ヘビってね、たちが悪いんだよ。面白半分《おもしろ》で咬んだりするんだから」

「僕、きみを一人にはしない」

でも王子さまは、そのときふとなにかに思い当たった様子で、安堵《あんど》したようにこう言うのでした。

「そうだ、毒《どく》ヘビって、一度咬んでしまうと、もうそれで毒を使い果《は》たしてしまうんだったっけ」


その晩《ばん》、王子さまが出ていったのに僕は初め気がつきませんでした。彼は音もなくこっそりと抜《ぬ》け出したのです。僕はあとを追《お》ってやっと追いつきましたが、彼は、きっぱりかくごを決めたという様子で、足早《あしばや》に歩いていました。

「ああ、来ちゃったの？」、彼は素《そ》っ気《け》なくそう言います。

しかし、僕の手をとると、やはり心配そうにこう言うのでした。

「来ちゃだめだって言ったのに…。きっとつらい思いをするよ…。ぼく、じっさいには、死

んじゃうなんてことないんだけど、でも、はた目にはほんとうに死んでしまうように見えるかもしれないんだから」

僕は口をつぐんでいました。

「分かってくれるよね。遠すぎるんだよ。ぼく、とてもこのからだをひきずっては行けないんだ。重すぎるもの」

僕は口をつぐんでいました。

「でも、からだなんてね、脱《ぬ》ぎ捨《す》てられた古い抜《ぬ》けがらといっしょなんだ。ちっとも惜《お》しくはないんだよ」

僕は口をつぐんでいました。

——王子さまはすこしあきらめ顔になりましたが、なお気を取りなおしてこう言います。

「ね、すてきだと思わないかい？　ぼくもね、ぼくの星にもどったら、そこからほかの星たちをながめるんだ。するとね、その星たちがみんな錆《さ》びた滑車《かっしゃ》のついた井戸《いど》になるんだ。星という星がみんな、《お飲み》って、ぼくのために水を汲《く》んでくれるんだよ」

僕は口をつぐんだままでした。

王子さまは続けます。

「愉快《ゆかい》だろうなあ！　きみには五億《おく》の鈴《すず》が、ぼくには五億の泉《いずみ》ができるなんてさあ…」

そう言ったきり彼も黙《だま》ってしまいました。――泣《な》いていたのです。

「あそこ、あの場所なんだ。だから、ここからはぼく一人で行かせてね」、王子さまはそう言いながら、しかしそのままその場《ば》にしゃがみこんでしまいました。こわかったのでしょう。

「あのね…ぼくの花ね…あの花を守ってあげなきゃならない責任《せきにん》がぼくにはあるんだ。だって、ほんとうにかよわい花なんだもの、とっても初心《うぶ》な花なんだもの。なんの役にもたたない四つの刺《とげ》だけで、世の中のどんな外敵《がいてき》

からも身を守れるなんて信《しん》じてるんだもの…」

さすがに僕も、もうとても立っていることができず、おなじようにその場にしゃがみこんでいました。

「じゃあ…これでお別れだね…」、とうとう王子さまは言いました。

わずかにためらったのち彼は立ち上がり、身動きできずにいる僕をその場に残して一歩を踏《ふ》み出しました。

ヒュッ、とつぜん彼の足首をかすめるように走る一筋《ひとすじ》の黄色い光、それがそのとき僕の目に映《うつ》ったもののすべてでした。瞬間《しゅんかん》ふっと動きを止めた王子さまのからだは、そのまま声を発することもなく、あたかも伐《き》り倒《たお》される一本の樹木《じゅもく》のようにゆっくりと、そしてしずかに、砂の上へと落ちて行きました。

…そう、まったくなにも聞こえはしなかったのです。砂の果《は》てしない広がりが、このできごとからいっさいの音を消し去っていたのでした。

王子さまはあたかも伐《き》り倒《たお》される一本の樹木《じゅもく》のようにゆっくりと、
そしてしずかに、砂の上へと落ちて行きました。

27

それから、はやかれこれ六年という月日が経《た》ちました。僕はしかし、この話をまだだれにもしていません。僕に再会《さいかい》した友人たちは、僕が生きて帰ったのをとてもよろこんでくれました。でも、僕の心の内は、じつは悲しかったのです。それをいぶかる友人たちには、ただ、《疲《つか》れてるだけさ…》とだけ言っておきました。

今では、その悲しみを忘《わす》れることが、すこしはできるようになりましたけれど、もちろんそれは、裏《うら》をかえせばまだまだ悲しいということです。ただ、王子さまが彼の星へ帰って行ったことだけはたしかのようで、というのは、夜が明けてみると彼のからだがどこにも見当たらなかったからです。心配したほど彼のからだは重くなかったのでしょう…。だから、僕は、夜になるといつも、星たちの奏《かな》でるひびきに耳を澄《す》ますのです。五億個の鈴《すず》の音《ね》に似《に》たそのひびきに…。

ところが、じつは僕は大変《たいへん》な失敗《しっぱい》をしでかしていました。王子さまに描《か》いてあげた口輪《くちわ》の絵に、皮《かわ》ひもを描くのを忘《わす》れてしまったのです！　あれでは王子さまは、彼のヒツジに口輪をつけることができないでしょう。だから僕はいつも、《王子さまの星は今どうなっているかなあ》って、とても心配してるんです。《ヒツジはひょっとすると、あの花を食べてしまったんじゃないだろうか》って…。

《いや、そんなはずがあるものか！　王子さまは毎晩《まいばん》あの花にガラスの覆《おお》いをかぶせているんだし、ヒツジのこともよく見張《みは》っているはずだから…》、そう思えるときは僕は幸せで、星たちもみな、楽しそうにほほえんでいます。

でも、《人間、時にはふっと油断《ゆだん》するってことがあるからなあ。そうしたら命取《いのちと》りだぞ！　ある晩《ばん》うっかりガラスの覆いをかぶせるのを忘れてしまう。あるいは、ヒツジが夜中にこっそり外に出る…》、そういう心配をする夜には、星たちが、夜空の鈴《すず》が、みな涙《なみだ》のしずくに変わってしまうのです。

とてもふしぎなことですよね。王子さまを愛《あい》するきみたちの目にも、それからこの僕自身の目にも、どこか僕たちの知らないところで僕たちの知らない一頭のヒツジが一本のバラを食べてしまったかしまわないかで、この宇宙《うちゅう》全体がまったくちがって見えてくるのですから……。

空を見上げてごらんなさい。そして、心の中でこう聞いてごらんなさい。《あのヒツジはあの花を食べてしまっただろうか、それとも…》って。すると、その答次第《しだい》でまわりのなにもかもがまったくちがって見えてくることに、きみたちはきっとお気づきでしょう。

なのに大人のひとたちって、それがどんなに大事かということをちっとも分かろうとしないんですよねえ！

これが、僕にとって、この世でいちばん美しい、でもいちばん悲しい景色《けしき》です。四ページ前の絵と同じ景色ですが、よく見ておいてほしいので、もう一度描くことにしました。王子さまはここにはじめてすがたを見せ、そしてこのおなじ場所《ばしょ》で消えて行ったのです。

きみたちがいつの日かアフリカの砂漠《さばく》を旅して、ちょうどこの場所を通りかかるようなことがあったとき、《ああ、ここだ》とまちがいなく気づいてほしいから、だから、この景色をぜひよく見ておいて下さい。そして、ほんとうにこの場所にさしかかかったなら、どうか先をいそいだりせずに、この絵にある星の真下でしばらく待ってみて下さい。ひょっとすると、そこで小さな男の子がきみたちのそばへやってくるかもしれません。そして、もしその子がよく笑《わら》う子で、金髪《きんぱつ》で、なにを尋《たず》ねても答えないっていう子だったら、それがだれなのか、きみたちにはもうお分かりですね。そうしたら、おねがいです！　こんなに悲しい思いをしている僕を放っておいたりせずに、どうかいそいでお手紙を下さい。《王子さまが、もどってきたよ！》ってね…。

訳者あとがき

この作品を私が翻訳したのは、実はもうほぼ十年も前のことである。

私事で恐縮だが、当時私は、左手首の腱鞘炎《けんしょう》で長い間演奏ができないという大変苦しい境遇にあった。「もう二度とコントラバスは弾けないかもしれない」という怖れにただ慄《おのの》くのみで、暗澹とした毎日を無気力に、無為に過ごしていたが、しかしそのある日、「これではいけない、何か前向きのことをしなければ」と思い直して、自らを励まし励まし始めたのが、この“Le Petit Prince”すなわち『小さな星の王子さま』の翻訳であった。

さいわい、とりかかってみると私はその仕事が急速に楽しくなり、どんどんのめりこんで、それこそ寝食を忘れるほどに没頭した。とにかく面白かった。だから、そうしてそれに打ち込んでいる間だけは、演奏できないつらさや、もう一生コントラバスはだめかもしれないという恐怖から逃れていることができた。それは私にとって、暗い日々に差し込む大きな救いの光であった。

私はそれまで、短い論文とか新聞・雑誌の記事とかを人に頼まれて翻訳するようなことは時々あったにしても、本をまるまる一冊翻訳するというようなことは、ただ一度の例外を除いて、経験したことがなかった。その一度とは、一橋大学在学中、卒業論文のために、ヴァルター・ヴィクトア著『マルクスとハイネ』なる書物を一冊全部訳したことである。ドイツ語からの翻訳であった。

私のドイツ語は、今でこそ結構なレベルと自負するほどだが、当時は殆ど辞書と首っ引きの状態であったから、その翻訳作業は大変苦しかった。原文に述べられている意味がどうにもこうにも理解できず、仕方なく自分で〝作文〟せざるをえないという、そんな個所が結構たくさんあった。

私の、その大昔のドイツ語の力と較べると、腱鞘炎と闘った十年前の、その時点でのフランス語の力の方がそれは格段に上だったということも勿論あるだろうが、『小さな星の王子さま』の翻訳は、『マルクスとハイネ』の時とは打って変わって非常に楽しかった。サン＝テグジュペリのこの作品の大きな魅力にぐいぐい惹かれ、読み進んでいくこと自体がワクワクして面白かった。文章が平易で大変読みやすいこともそれに拍車をかけていたと思う。

しかし何より楽しかったのは、まさに翻訳という行為、フランス語の原文を日本文に置き換えていく行為それ自体であった。しかも、翻訳を進めるにつれ、私は、全く予期していなかった或る興味深い事実に、急速に気付いていった。つまり、翻訳と演奏という、表面上全く異なるかのように見える二つの行為が、実は本質的な部分で非常に似通ったものであるという意外な事実にである。

人の心を深い感動に誘う優れた演奏がどうしたらできるかというその一点にじっと目を据えて生きていくのが演奏家の人生というものだとすると、私自身もまあ一応そんなような生き方をしてきている。それは、たゆみない修錬の人生であるが、その修錬を通して私は、演奏家としての厳しい基本姿勢のようなものを知らず知らずのうちに身につけてきた。因みに、その基本姿勢とは、まずは楽譜を正確に読み取って深く把握する努力を徹底的に重ねること、その把握したものを咀嚼して完璧に自分のものとし且つそれを体内で熟成させていく手間と時間とを惜しまないこと、そして最後に、その熟成させたものを今度は自らの言葉で再構築し、聴衆の心にしっかり伝えること、これらである。

実は、『小さな星の王子さま』の翻訳を通じて私は、翻訳という営みにもそれと全く同じ姿勢が要求されること、つまり、原作を正確に読み取り深く把握する努力を怠らない姿勢、その把握したものを完璧に自分のものとし且つ自分の中で熟成させていく手間暇《てまひま》を惜しまない姿勢、そして、その熟成したものを今度は自らの言葉で再構築してしっかり読者の心に伝えようとする姿勢、これらが要求されるという、そのことに急速に気付いていったのである。

期せずして目覚めた、演奏と翻訳とのこの類似は、私にとって非常に大きな意味を持つこととなった。それは、長いあいだ知らず知らず身につけ鍛え上げてきた、私の演奏家としての基本姿勢を、翻訳という行為の中に、ほぼそのまま生かせるのだという意外な事実を指し示すものだったからである。当然の流れとして私は、楽器が弾けなくなったことにより突然行き場を失った、私の、演奏への、表現への衝動を、代わりに今度は〝翻訳〟という行為の中に全投入していった。つまり私は、翻訳という、私にとって新しい、未知の世界を通して、何と、楽器を持たずに私の〝演奏〟を続けていったことになる。

さて、私は今この場で音楽論を展開しようなどというつもりは全くないが、にもかかわらず、多少音楽の話に触れることをどうかお許しいただきたい。

音楽は、勿論一つ一つの音から成り立っている。しかし、大きな、心に迫るような、ときに一つの哲学、一つの人生観・宇宙観と言っていいようなものを聴衆の心の深いところへ伝えることができる媒体の最小のものは、それら一つ一つの音の或るまとまったつながり、つまりフレーズである。文章で言えば文にあたるものである。

そしてフレーズは、必ずその前後のフレーズとの関わり合いの中で存在する。或る一つのフレーズの意味は、その前にあるフレーズ或いは後にあるフレーズとの関連性においてはじめて正確に把握することができるのである。また、そうした一つ一つの短いフレーズが複数連なって、もう一つ上の大きなフレーズを形づくり、その大きなフレーズの一つ一つがまた連なりあって今度は更にもっと大きな一つのフレーズを形成していく。フレーズはそのように互いの結びつきをどんどん広げて、最終的にはその曲全体が一つの極めて大きなフレーズとして捉えられたりさえするのである。

ついでながら、ドイツ語に〝Bogen（ボーゲン）〟という言葉がある。もともと〝弧《こ》〟の意味であるが、たとえば弦楽器の弓もボーゲン、空にかかる虹のような大きな弧もボーゲンで、だから虹のことは、〝Regen（＝雨）のBogen（＝弧）〟、すなわちRegenbogen（レーゲンボーゲン）と言う。

この〝ボーゲン〟は、実は演奏家にとって音楽にとって、決定的に重要な言葉である。それは、多数の音符の息の長い一繋《ひとつな》がり（つまりフレーズ）の、その上に重なってかかる架け橋のようなもので、だからそれを、大空にかかる虹のようなイメージで〝ボーゲン〟と呼ぶのである。

ボーゲンはフレーズに似ているが、全く同じものではない。フレーズより次元の高いもの、もっと不可視なものである。言わばフレーズを支配する強い〝磁力〟のようなものであって、実は、今も申し上げた通り、音楽にとって決定的に重要なものである。

演奏者の立場から或る曲の全体を大きなボーゲンとして感じることができた時、すなわち、小さなフレーズの一つ一つが個々にどのような意味と重さを持ち、他のフレーズと互いにどのような関連性を持ちながら、全体としてどのように大きなフレーズを構築しているか、そしてそうしたフレーズの上に、どのように大きなボーゲンが、虹が、かかるべきなのか、どのような磁力が通うべきなのか、それを把握できた時、俯瞰できた時、その曲は初めて、その演奏者によって正しく、深く理解されたことになる。

このように言葉で言うのは簡単だが、この、音楽を大きなフレーズで、ボーゲンで捉えるというのは、実は大変に難しい。楽譜には、どこからどこまでが一つのフレーズで、そのフレーズが他のフレーズとどういう関連性をもっているか、などというようなことは、基本的には書いてないし、勿論ボーゲンに至っては、何しろ〝磁力〟なのであるから、それを楽譜に書き記すなどということは、もともと全く不可能である。それは、キツネ君の言葉（一二二ページ）を借りれば、まさに「心でしか見ることができない」ものであり、めいめいの演奏家が自分自身の感性を研ぎ澄まし、自身の生存をかけて一生懸命感じとっていくしかないのである。その努力をするかしないかによって、結果としての演奏の、その音楽的レベルには、まさに天と地ほどの差が出てしまう。なぜなら、その〝磁力〟こそが、〝ボーゲン〟こそが、実は、音楽というものの本質であり、音楽の究極の実体だからである。

因みに、音楽を大きなボーゲンで感じとる力に恵まれた演奏家は、たとえばレガート（複数の音符を滑らかにつないで弾く奏法）一つにしても生半可なレガートでは満足ができないから、その分、必然的に厳しいレガートの練習を自らに課すことになる。したがって、そうでない演奏家に較べるとその分だけ余分に厳しい人生を強いられることになるわけだが、勿論、それによってあとで得られるものの価値は絶大である。音楽が本当に必要とする高いレベルの演奏技術というものは、音楽をボーゲンで捉える力に乏しい演奏家の身体には決して育たないものである。

フレーズを誤って捉えていることに気付かぬまま、無意識に「どうもなにか居心地が悪いな」と感じながら弾いていることが、私などもよくある。それが、或るとき何かの拍子に、突然正しいフレージングに気がついて、「あ、そうか、なるほど!」と、とたんにそれまでの黒雲が晴れ、ぱあっと陽の光が差す。大きな〝ボーゲン〟が、大空にかかる虹が、突然目の前に現われる。そしてそれだけで、演奏の音楽的なレベルが突然格段に高まり、深まる。――そんな経験を私たち演奏家は、長い音楽人生の中で何度も重ねるものだが、その都度私たちは感動し、あらためて思うのである。「ああ、音楽って、なんて奥が深いんだろう、なんて美しいんだろう!」と。

音楽の話に若干深入りし過ぎたかもしれないが、私がどうしても〝ボーゲン〟についてお話ししたかったのは、実は、〝ボーゲン〟が、文章の世界にとってもやはり重要な意味を持つものだからである。優れた文章は、勿論個々の美しい文から成り立っているが、しかし同時にそれは、文と文とのあいだの関わりから生まれるさまざまな緊張や弛緩や、文と文とのあいだの絶妙な間《ま》や、複数の文を貫く大きな流れや、そうした目に見えない色々な要素が生み出す美しい果実でもある。そして、多くの文の連なりから、文章の大きな流れから発生する〝磁力〟のようなものが、やはりそこには働いている。すなわち、音楽におけると全く同じように、〝ボーゲン〟がそこに存在するのである。

その〝ボーゲン〟を全身全霊で感じながら、訳文を、こつこつと、また時には大胆に、編み上げ、組み立てていく、その作業は、まさに音楽における〝演奏〟そのものである。そのことに私は、『小さな星の王子さま』の翻訳を通じて奇しくも目覚めたのであった。それは、当初は、「演奏も翻訳も、なんとなく似ているなあ」という、まだどちらかというと無意識のレベルのものであったが、実はそれこそが、その無意識の目覚めこそが、私が十年前、自分でも意外なほど急速にこの作品の翻訳にのめりこんでいった、その秘かな原動力であったのである。

翻訳という行為を通じて、この『小さな星の王子さま』という作品の素晴らしさを深く読み取ることのできるような状況にたまたま立ち至ったこと、それは私にとって、あの暗澹とした日々の生んだ、大きな美しい副産物であった。しかも、その副産物の、その具体的な形である訳稿が、およそ十年を経た今、このようにして出版されることになったりするのだから、人生のめぐりあわせとは不思議なものだとつくづく思う。

最後になるが、フランスの子供たちはこの作品を、早ければ既に日本の小学校四年生ぐらいから読むようである。ただ、寝る前に親がベッドの傍らで読んで聞かせてくれたり、或いはレコードを、ジェラール・フィリップやジャン゠ルイ・トランティニャンという往年の名優たちの残してくれた素晴らしい朗読録音を聞いたりというのは、もう少し早くから、小学校低学年ぐらいの頃から既に体験するらしい。

私はこの『小さな星の王子さま』を、フランスの小さな子供たちがそうしてもらっているように、日本でも、まだ小さな、小学校低学年ぐらいの子供たちにでも、お父さんお母さんが枕もとで読んで聞かせてあげて下さったらと願う。この本は、そうすれば、その子たちの、まだ全てに開かれたちいさな頭の、そして心の、とてもよいお友だちになれると思うから。

この、拙訳が、読んで聞かせるお父さんお母さんたちにも、それを聞きながら眠りにつく子供たちにも、その両方にとって親しみの持てる、自然で美しい文章であることを、切に祈りたい。

二〇〇六年四月六日

河原泰則

［付記1］
本訳に際しては、一九五四年版の「サン＝テグジュペリ全集」、すなわち
“Antoine de Saint-Exupéry, Œuvres Complètes”, Gallimard (Bibliothèque de la Pléiade) 1954
を底本とし、且つ他版を適宜参照する形をとった。

［付記2］
原題“Le Petit Prince”は、もともと多面的な、複雑なニュアンスを内包しており（“prince”の一語のみをとっても、厳密には三つの異なるニュアンスを体現している）、これを日本語に正確に翻訳することは、本来全く不可能である。しかし、だからといってこの本をタイトルなしで出版するわけにはいかない。私の場合は、最終的に、『小さな星の王子さま』というタイトルに決めたが、それはおおよそ以下のような二つの判断からである。
（1）主人公である男の子の“le petit prince”という呼称に内包される複数のイメージ、すなわち、「小さな、幼い、かわいらしい」王子さま、「小さな星から来た」王子さま、「小さな星を支配する」幼い王さま、これらを大雑把に包括する表現として、『小さな星の王子さま』はまずまずの選択であろう。
（2）『小さな星の王子さま』とした場合、「小さな」という形容詞が、「星」にかかるのか、「王子さま」にかかるのか、つまり、『小さな星の、王子さま』なのか『小さな王子さま』なのかという点を曖昧なままにしておくことができる。それにより、原題“Le Petit Prince”が内包している曖昧さ、捉えどころのなさを、多少なりとも暗示できるのではないか。

サン＝テグジュペリのこと

アントワヌ・ド・サン＝テグジュペリ（Antoine de Saint-Exupéry）は、一九〇〇年六月二十九日 フランスのリヨンに貴族（子爵）の子として生まれた。

三才で父の死去に遭い、二人の姉、一人の弟、一人の妹とともに、母の手で育てられる。彼の少年期は、発明されたばかりの飛行機が日進月歩であった時代とちょうど重なっており、また、十二才の時たまたま小型機に同乗させてもらうという経験をしたりもして、やがて飛行士になることを夢見るようになる。

一九二一年より、パイロットになるための訓練を受ける。作家としては一九二六年、『飛行士』で文壇デビュー。一方、同年、航空運輸会社であるラテコエール社に入社し、職業パイロット（郵便機パイロット）としての一歩を踏み出した。

一九二七年から二八年にかけて、大西洋に面した西サハラのキャプ・ジュビー飛行場で飛行場長を務め、そこで『南方郵便機』を書く。一九二九年、一旦フランスへ戻ったのち、アルゼンチンに航空運輸の航路を開く任務を負って彼地に赴任。その時期に『夜間飛行』を執筆。

一九三一年、エルサルバドル生まれの未亡人コンスエロ・ゴメス・カリヨと結婚。同一九三一年、『夜間飛行』が出版され一躍世の評価を得る。

一九三四年、エールフランス宣伝部に就職、以降、広告代理人、パイロット、ジャーナリスト、作家として生計を立てるようになる。

一九三八年、飛行中の墜落事故で重傷を負う。その治療・静養中に『人間の大地』執筆。これが一九三九年に出版され大成功を収める。同一九三九年の九月、第二次世界大戦勃発と共に召集を受ける。

一九四〇年の休戦でアルジェリアから復員。同年末にアメリカへ渡り、一九四二年、『戦う操縦士』が出版される。

一九四三年四月、『ちいさな星の王子さま』出版される。同年六月、レオン・ヴェルトを念頭においた『ある人質への手紙』を出版。同年後半アルジェリアに戻り、復隊。サルジニア島の部隊に配属される。その後部隊はコルシカ島へ移動。

一九四四年七月三十一日、コルシカ島の基地から偵察飛行に出たまま消息を断つ。


一九四八年『城砦』出版される。

二〇〇〇年、著者が乗っていたものと思われる機体の残骸が地中海のマルセイユ南方にあたる地点で発見された。

二〇〇三年、同機体残骸が引き揚げられた。

二〇〇四年、引き揚げられた残骸が、著者の乗っていたP–38ライトニング機であることが確認された。

小さな星の王子さま

2006年5月10日　初版第1刷発行
2019年4月10日　　　第3刷発行

著　者――――――アントワヌ・ド・サン=テグジュペリ
訳　者――――――河原泰則《かわはらやすのり》
発行者――――――神田明
発行所――――――株式会社 春秋社
〒101-0021　東京都千代田区外神田2-18-6
電話 03-3255-9611（営業）
　　 03-3255-9614（編集）
郵便振替 00180-6-24861
http://www.shunjusha.co.jp/

ブックデザイン――中山銀士（協力＝杉山健慈・佐藤睦美）

印刷・製本―――――萩原印刷株式会社

ISBN978-4-393-45502-9 C0097

価格はカバー等に表示してあります。

プロフィール

【訳者】

河原泰則（かわはら・やすのり）

1948年、茨城県日立市生まれ。11才でコントラバスを手にする。67年、一橋大学商学部に入学。一橋大在学中の71年より併行して桐朋学園大学音楽部に学び、コントラバスを堤俊作、小野崎充の両氏に師事。73年、一橋大学商学部を卒業、75年、桐朋学園大学音楽部を修了。75年、ベルリン芸術大学に留学し、ライナー・ツェペリッツ、ミシェル・シュヴァルベ両教授に師事、77年、同大学を最優秀の成績で卒業。78年、ジュネーブ国際音楽コンクール最高位入賞。80年、ケルン放送交響楽団（現在の新呼称・WDR交響楽団）の首席コントラバス奏者に就任し、現在に至る。

ケルン放送響首席奏者としての活躍の傍ら、ソリストとして、ケルン放送響、スイス・ロマンド管弦楽団、シュツッツガルト室内管弦楽団、ポーランド国立放送室内管弦楽団、東京都交響楽団等多数のオーケストラと協奏曲を、クリストフ・エッシェンバッハ、オーレル・ニコレ、エマニュエル・パユ、クリスチャン・テツラフ、アルバン・ベルク弦楽四重奏団らと室内楽を共演。また、ベルリン芸術週間、シュレスヴィヒ・ホルシュタイン音楽祭、フェルトキルヒ・シューベルティアーデ音楽祭、キッシンゲン音楽祭など、著名な音楽祭へも数多く出演。ロンドンをはじめとするヨーロッパの各都市や東京をはじめとする日本各地におけるリサイタルも数を重ね、また高い評価を得る。

ソニー・レコード、ラルゴ・レコードより計4枚のソロCDがリリースされており、ソロ・アルバム『コントラバス・ファンタジー』（LARGO 5123）がドイツの音楽誌『ノイエ・ムジーク・ツァイトゥング』より年間のベストCDに選ばれるなど、高い評価を得ている。

多忙な演奏活動の傍ら、世界各地の講習会に於いて若い演奏家たちの指導にあたっている。2003年にはミュンヒェン国際音楽コンクールの審査員を務めた。

紀尾井シンフォニエッタ東京メンバー。また、サイトウキネン・オーケストラ、『東京のオペラの森』に参加。

［国内リリースCD］

LARGO 5105、LARGO 5123、LARGO 5146（以上、ユニバーサルミュージックIMS）
SRCR 9952（ソニー・ミュージック）

【朗読者】

ステファヌ・ファッコ（Stéphane Facco）

1975年生まれ。10才の頃より数多くの俳優、演出家に師事して学ぶ。エク・サン・プロヴァンス大学卒。

トゥールーズ国立劇場にてジャック・ニシェ、クロード・デュパルフェ、フィリップ・アドリアン、ギヨーム・ドラヴォー等の演出家と共演。パリにてダリオ・フォ作の『支払い無用』、ジャン＝リュク・ラガルス作の『忘れる前の最後の後悔』、ローラント・シンメルフェニッヒ作の『プッシュ・アップ』等に出演。

ラファエル・オレグ、ガエル・トゥヴナン等、著名な音楽家たちとの共同プロジェクトにも参加。

付録の原語朗読CDについて

文学作品は、音読であろうと黙読であろうと、それが読まれた時点で、そこに必ずリズムが、抑揚が生じる。すなわち、その意味で文学は、また同時に「音楽」でもあるという側面を持つ。そして、その、ここで言うところの「音楽」を決定的に性格づけるのは、その作品の書かれている言語である。あらゆる言語は、必ずその言語に固有の、独自の音楽的響きを持つからである。

この意味においては、たとえばフランス語で書かれた文学作品の、日本語への100パーセントの翻訳は、実は不可能である。その作品の、内容を日本語に翻訳することはできるが、その「音楽」を、音楽的な響きまでも日本語に翻訳することは不可能だからである。どんなにすぐれた翻訳家にとってもである。

それゆえ私は、読者に、せめて朗読録音によってでも原作の持つ音楽的な響きに接する機会を持っていただきたいと思い、原語による朗読の録音CDを、付録としてこの本に添付することにした。朗読をお願いしたのは、フランスの素晴らしい若手俳優、ステファヌ・ファッコさんである。全篇だとかなり長くなるので、さわりだけ、私の選んだ9箇所だけを読んでいただいた。

勿論私はこの朗読録音を、フランス語を勉強したことのない人たち、フランス語を全く解さない人たちにも、ぜひ聞いていただきたい。何を言っているかが分からなくても全く構わない。とにかくぜひ聴いてみていただきたい。たとえ言葉が理解できなくとも、あたかも音楽を聴くように、充分楽しんでいただけるはずであるから。

なお、冒頭と末尾に、私自身がコントラバスで演奏する音楽を配した。冒頭の音楽は、フリッツ・クライスラー作曲《ベートーヴェンの主題によるロンディーノ》の一部、末尾の方は、アントニオ・ヴィヴァルディ作曲チェロ・ソナタ第1番の第1楽章「ラルゴ」で、いずれも私の既出のCDに収められている録音を転用した。

【付録CD】

（　）内は日本語本文対照頁

①音楽：クライスラー《ベートーヴェンの主題によるロンディーノ》より		0：45
②第1章	（p. 9 ～ 11［5行目］）	1：45
③第2章	（p. 13 ～ 19）	4：20
④第6章	（p. 39 ～ 40）	1：26
⑤第7章	（p. 41 ～ 46）	4：10
⑥第9章	（p. 56［4行目］～ 58）	1：46
⑦第21章A	（p. 111 ～ 114［10行目］）	2：13
⑧第21章B	（p. 121［11行目］～ 122）	0：52
⑨第26章	（p. 153［9行目］～ 157）	1：51
⑩第27章	（p. 163）	0：49
⑪音楽：ヴィヴァルディ《ラルゴ》		3：44

［total time 23：49］

［朗読］ステファヌ・ファッコ

収録：2006年3月13日、トゥールーズ（フランス）

［音楽・出典］

フリッツ・クライスラー：《ベートーヴェンの主題によるロンディーノ》

河原泰則（コントラバス）／オンジェリーヌ・ポンデペイール（ピアノ）

SRCR 9952（ソニー・ミュージック）

アントニオ・ヴィヴァルディ：チェロ・ソナタ第1番より第1楽章《ラルゴ》

河原泰則（コントラバス）／ライナー・ホフマン（ピアノ）

LARGO 5123（ユニバーサルミュージック IMS）

1

Lorsque J'avais six ans j'ai vu, une fois, une magnifique image, dans un livre sur la Forêt Vierge qui s'appelait «*Histoires vécues*». Ça représentait un serpent boa qui avalait un fauve. Voilà la copie du dessin.

On disait dans le livre : « Les serpents boas avalent leur proie toute entière, sans la mâcher. Ensuite ils ne peuvent plus bouger et ils dorment pendant les six mois de leur digestion. »

J'ai alors beacoup réfléchi sur les aventures de la jungle et, à mon tour, j'ai réussi, avec un crayon de couleur, à tracer mon premier dessin. Mon dessin numéro 1. Il était comme ça :

J'ai montré mon chef-d'œuvre aux grandes personnes et je leur ai demandé si mon dessin leur faisait peur.

Elles m'ont répondu : « Pourquoi un chapeau ferait -il peur ? »

Mon dessin ne représentait pas un chapeau. Il représentait un serpent boa qui digérait un éléphant. J'ai alors dessiné l'intérieur du serpent boa, afin que les grandes personnes puissent comprendre. Elles ont toujours besoin d'explications. Mon dessin numéro 2 était comme ça :

Les grandes personnes m'ont conseillé de laisser de côté les dessins de serpents boas ouverts ou fermés, et de m'intéresser plutôt à la géographie, à l'histoire, au calcul et à la grammaire. C'est ainsi que j'ai abandonné, à l'âge

de six ans, une magnifique carrière de peintre. J'avais été decouragé par l'insuccès de mon dessin numéro 1 et de mon dessin numéro 2. Les grandes personnes ne comprennent jamais rien toutes seules, et c'est fatigant, pour les enfants, de toujours et toujours leur donner des explications.

2

J'ai ainsi vécu seul, sans personne avec qui parler véritablement, jusqu'à une panne dans le désert du Sahara, il y a six ans. Quelque chose s'était cassé dans mon moteur. Et comme je n'avais avec moi ni mécanicien, ni passagers, je me préparai à essayer de réussir, tout seul, une réparation difficile. C'était pour moi une question de vie ou de mort. J'avais à peine de l'eau à boire pour huit jours.

Le premier soir je me suis donc endormi sur le sable à mille milles de toute terre habitée. J'étais bien plus isolé qu'un naufragé sur un radeau au milieu de l'océan. Alors vous imaginez ma surprise, au lever du jour, quand une drôle de petite voix m'a réveillé. Elle disait :

—S'il vous plaît...dessine-moi un mouton !

—Hein !

—Dessine-moi un mouton...

J'ai sauté sur mes pieds comme si j'avais été frappé par la foudre. J'ai bien frotté mes yeux. J'ai bien regardé. Et j'ai vu un petit bonhomme tout à fait extraordinaire qui

me considérait gravement. Voilà le meilleur portrait que, plus tard, j'ai réussi à faire de lui. Mais mon dessin, bien sûr, est beaucoup moins ravissant que le modèle. Ce n'est pas ma faute. J'avais été découragé dans ma carrière de peintre par les grandes personnes, à l'âge de six ans, et je n'avais rien appris à dessiner, sauf les boas fermés et les boas ouverts.

Je regardai donc cette apparition avec des yeux tout ronds d'étonnement. N'oubliez pas que je me trouvais à mille milles de toute région habitée. Or mon petit bonhomme ne me semblait ni égaré, ni mort de fatigue, ni mort de faim, ni mort de soif, ni mort de peur. Il n'avait en rien l'apparence d'un enfant perdu au milieu du désert, à mille milles de toute région habitée. Quand je réussis enfin à parler, je lui dis :

—Mais...qu'est-ce que tu fais là ?

Et il me répéta alors, tout doucement, comme une chose très sérieuse :

—S'il vous plaît...dessine-moi un mouton...

Quand le mystère est trop impressionnant, on n'ose pas désobéir. Aussi absurde que cela me semblât à mille milles de tous les endroits habités et en danger de mort, je sortis de ma poche une feuille de papier et un stylographe. Mais je me rappelai alors que j'avais surtout étudié la géographie, l'histoire, le calcul et la grammaire et je dis au petit bonhomme (avec un peu de mauvaise humeur) que je ne savais pas dessiner. Il me répondit:

—Ça ne fait rien. Dessine-moi un mouton.

Comme je n'avais jamais dessiné un mouton je refis,

pour lui, l'un des deux seuls dessins dont j'étais capable. Celui du boa fermé. Et je fus stupéfait d'entendre le petit bonhomme me répondre :

—Non ! Non ! Je ne veux pas d'un éléphant dans un boa. Un boa c'est très dangereux, et un éléphant c'est tres encombrant. Chez moi c'est tout petit. J'ai besoin d'un mouton. Dessine-moi un mouton.

Alors j'ai dessiné.

Il regarda attentivement, puis :

—Non ! Celui-là est déjà très malade. Fais-en un autre.

Je dessinai.

Mon ami sourit gentiment, avec indulgence :

—Tu vois bien...ce n'est pas un mouton, c'est un bélier. Il a des cornes...

Je refis donc encore mon dessin.

Mais il fut refusé, comme les précédents :

—Celui-là est trop vieux. Je veux un mouton qui vive longtemps.

Alors, faute de patience, comme j'avais hâte de commencer le démontage de mon moteur, je griffonnai ce dessin-ci.

Et je lançai :

—Ça c'est la caisse. Le mouton que tu veux est dedans.

Mais je fus bien surpris de voir s'illuminer le visage de mon jeune juge :

—C'est tout à fait comme ça que je le voulais! Crois-tu qu'il faille beaucoup d'herbe à ce mouton ?

—Pourquoi ?

—Parce que chez moi c'est tout petit...

—Ça suffira sûrement. Je t'ai donné un tout petit mouton.

Il pencha la tête vers le dessin :

—Pas si petit que ça...Tiens ! Il s'est endormi...

Et c'est ainsi que je fis la connaissance du petit prince.

6

Ah ! Petit prince, j'ai compris, peu à peu, ainsi, ta petite vie mélancolique. Tu n'avais eu longtemps pour distraction que la douceur des couchers de soleil. J'ai appris ce détail nouveau, le quatrième jour au matin, quand tu m'as dit :

—J'aime bien les couchers de soleil. Allons voir un coucher de soleil...

—Mais il faut attendre...

—Attendre quoi ?

—Attendre que le soleil se couche.

Tu as eu l'air très surpris d'abord, et puis tu as ri de toi-même. Et tu m'as dit :

—Je me crois toujours chez moi !

En effet. Quand il est midi aux États-Unis, le soleil, tout le monde le sait, se couche sur la France. Il suffirait de pouvoir aller en France en une minute pour assister au coucher du soleil. Malheureusement la France est bien trop éloignée. Mais, sur ta si petite planète, il te suffisait de tirer ta chaise de quelques pas. Et tu regardais le crépuscule chaque fois que tu le désirais...

—Un jour, j'ai vu le soleil se coucher quarante-trois* fois !

Et un peu plus tard tu ajoutais :

—Tu sais...quand on est tellement triste on aime les couchers de soleil...

—Le jour des quarante-trois* fois tu étais donc tellement triste ?

Mais le petit prince ne répondit pas.

＊本訳の底本（1954年版全集）では“quarante-trois fois”（43回）。朗読も同版による。なお、本訳では、1999年校訂版に従って“quarante-quatre fois”（44回）とした。

7

Le cinquième jour, toujours grâce au mouton, ce secret de la vie du petit prince me fut révélé. Il me demanda avec brusquerie, sans préambule, comme le fruit d'un problème longtemps médité en silence.

—Un mouton, s'il mange les arbustes, il mange aussi les fleurs ?

—Un mouton mange tout ce qu'il rencontre.

—Même les fleurs qui ont des épines ?

—Oui. Même les fleurs qui ont des épines.

—Alors les épines, à quoi servent-elles ?

Je ne le savais pas. J'etais alors très occupé à essayer de dévisser un boulon trop serré de mon moteur. J'étais très soucieux car ma panne commençait de m'apparaître comme très grave, et l'eau à boire qui s'épuisait me faisait

craindre le pire.

—Les épines, à quoi servent-elles ?

Le petit prince ne renonçait jamais à une question, une fois qu'il l'avait posée. J'étais irrité par mon boulon et je répondis n'importe quoi :

—Les épines, ça ne sert à rien, c'est de la pure méchanceté de la part des fleurs !

—Oh !

Mais après un silence il me lança, avec une sorte de rancune :

—Je ne te crois pas ! Les fleurs sont faibles. Elles sont naïves. Elles se rassurent comme elles peuvent. Elles se croient terribles avec leurs épines...

Je ne répondis rien. À cet instant-là je me disais :

« Si ce boulon résiste encore, je le ferai sauter d'un coup de marteau. » Le petit prince dérangea de nouveau mes réflexions:

—Et tu crois, toi, que les fleurs...

—Mais non ! Mais non ! Je ne crois rien ! J'ai répondu n'importe quoi. Je m'occupe, moi, de choses sérieuses !

Il me regarda stupéfait.

—De choses sérieuses !

Il me voyait, mon marteau à la main, et les doigts noirs de cambouis, penché sur un objet qui lui semblait très laid.

—Tu parles comme les grandes personnes !

Ça me fit un peu honte. Mais, impitoyable, il ajouta:

—Tu confonds tout... tu mélanges tout !

Il était vraiment très irrité. Il secouait au vent des cheveux tout dorés :

—Je connais une planète où il y a un Monsieur cramoisi. Il n'a jamais respiré une fleur. Il n'a jamais regardé une étoile. Il n'a jamais aimé personne. Il n'a jamais rien fait d'autre que des additions. Et toute la journée il répète comme toi : « Je suis un homme sérieux ! Je suis un homme sérieux ! », et ça le fait gonfler d'orgueil. Mais ce n'est pas un homme, c'est un champignon !

—Un quoi ?

—Un champignon !

Le petit prince était maintenant tout pâle de colère.

—Il y a des millions d'années que les fleurs fabriquent des épines. Il y a des millions d'années que les moutons mangent quand même les fleurs. Et ce n'est pas sérieux de chercher à comprendre pourquoi elles se donnent tant de mal pour se fabriquer des épines qui ne servent jamais à rien ? Ce n'est pas important la guerre des moutons et des fleurs ? Ce n'est pas plus sérieux et plus important que les additions d'un gros Monsieur rouge ? Et si je connais, moi, une fleur unique au monde, qui n'existe nulle part, sauf dans ma planète, et qu'un petit mouton peut anéantir d'un seul coup, comme ça, un matin, sans se rendre compte de ce qu'il fait, ce n'est pas important ça !

Il rougit, puis reprit :

—Si quelqu'un aime une fleur qui n'existe qu'à un exemplaire dans les millions et les millions d'étoiles, ça suffit pour qu'il soit heureux quand il les regarde. Il se dit : « Ma fleur est là quelque part... » Mais si le mouton

mange la fleur, c'est pour lui comme si, brusquement, toutes les étoiles s'éteignaient ! Et ce n'est pas important ça !

Il ne put rien dire de plus. Il éclata brusquement en sanglots. La nuit était tombée. J'avais lâché mes outils. Je me moquais bien de mon marteau, de mon boulon, de la soif et de la mort. Il y avait, sur une étoile, une planète, la mienne, la Terre, un petit prince à consoler ! Je le pris dans les bras. Je le berçai. Je lui disais : « La fleur que tu aimes n'est pas en danger...Je lui dessinerai une muselière, à ton mouton... Je te dessinerai une armure pour ta fleur...Je... » Je ne savais pas trop quoi dire. Je me sentais très maladroit. Je ne savais comment l'atteindre, où le rejoindre...C'est tellement mystérieux, le pays des larmes !

9

Le petit prince arracha aussi, avec un peu de mélancolie, les dernières pousses de baobabs. Il croyait ne jamais devoir revenir. Mais tous ces travaux familiers lui parurent, ce matin-là, extrêmement doux. Et, quand il arrosa une dernière fois la fleur, et se prépara à la mettre à l'abri sous son globe, il se découvrit l'envie de pleurer.

—Adieu, dit-il à la fleur.

Mais elle ne lui répondit pas.

—Adieu, répéta-t-il.

La fleur toussa. Mais ce n'était pas à cause de son

rhume.

—J'ai été sotte, lui dit-elle enfin. Je te demande pardon. Tâche d'être heureux.

Il fut surpris par l'absence de reproches. Il restait là tout déconcerté, le globe en l'air. Il ne comprenait pas cette douceur calme.

—Mais oui, je t'aime, lui dit la fleur. Tu n'en as rien su, par ma faute. Cela n'a aucune importance. Mais tu as été aussi sot que moi. Tâche d'être heureux...Laisse ce globe tranquille. Je n'en veux plus.

—Mais le vent...

—Je ne suis pas si enrhumée que ça...L'air frais de la nuit me fera du bien. Je suis une fleur.

—Mais les bêtes...

—Il faut bien que je supporte deux ou trois chenilles si je veux connaître les papillons. Il paraît que c'est tellement beau. Sinon qui me rendra visite ? Tu seras loin, toi. Quant aux grosses bêtes, je ne crains rien. J'ai mes griffes.

Et elle montrait naïvement ses quatre épines. Puis elle ajouta :

—Ne traîne pas comme ça, c'est agaçant. Tu as décidé de partir. Va-t'en.

Car elle ne voulait pas qu'il la vît pleurer. C'était une fleur tellement orgueilleuse...

21

[A]

C'est alors qu'apparut le renard :

—Bonjour, dit le renard.

—Bonjour, répondit poliment le petit prince, qui se retourna mais ne vit rien.

—Je suis là, dit la voix, sous le pommier...

—Qui es-tu? dit le petit prince. Tu es bien joli...

—Je suis un renard, dit le renard.

—Viens jouer avec moi, lui proposa le petit prince. Je suis tellement triste...

—Je ne puis pas jouer avec toi, dit le renard. Je ne suis pas apprivoisé.

—Ah ! pardon, fit le petit prince.

Mais, après réflexion, il ajouta :

—Qu'est-ce que signifie « apprivoiser » ?

—Tu n'es pas d'ici, dit le renard, que cherches-tu ?

—Je cherche les hommes, dit le petit prince. Qu'est-ce que signifie « apprivoiser » ?

—Les hommes, dit le renard, ils ont des fusils et ils chassent. C'est bien gênant ! Ils élèvent aussi des poules. C'est leur seul intérêt. Tu cherches des poules ?

—Non, dit le petit prince. Je cherche des amis. Qu'est-ce que signifie « apprivoiser » ?

—C'est une chose trop oubliée, dit le renard. Ça signifie "créer des liens..."

—Créer des liens ?

—Bien sûr, dit le renard. Tu n'es encore pour moi qu'un petit garçon tout semblable à cent mille petits garçons. Et je n'ai pas besoin de toi. Et tu n'as pas besoin de moi non plus. Je ne suis pour toi qu'un renard semblable à cent mille renards. Mais, si tu m'apprivoises,

nous aurons besoin l'un de l'autre. Tu seras pour moi unique au monde. Je serai pour toi unique au monde...

—Je commence à comprendre, dit le petit prince. Il y a une fleur...je crois qu'elle m'a apprivoisé...

—C'est possible, dit le renard. On voit sur la Terre toutes sortes de choses...

—Oh ! ce n'est pas sur la Terre, dit le petit prince.

Le renard parut très intrigué :

—Sur une autre planète ?

—Oui.

—Il y a des chasseurs, sur cette planète-là ?

—Non.

—Ça, c'est intéressant ! Et des poules ?

—Non.

—Rien n'est parfait, soupira le renard.

[B]

Et il revint vers le renard :

—Adieu, dit-il...

—Adieu, dit le renard. Voici mon secret. Il est très simple: on ne voit bien qu'avec le cœur. L'essentiel est invisible pour les yeux.

—L'essentiel est invisible pour les yeux, répéta le petit prince, afin de se souvenir.

—C'est le temps que tu as perdu pour ta rose qui fait ta rose si importante.

—C'est le temps que j'ai perdu pour ma rose...fit le

petit prince, afin de se souvenir.

—Les hommes ont oublié cette vérité, dit le renard. Mais tu ne dois pas l'oublier. Tu deviens responsable pour toujours de ce que tu as apprivoisé. Tu es responsable de ta rose...

—Je suis responsable de ma rose..., répéta le petit prince, afin de souvenir.

26

Cette nuit-là je ne le vis pas se mettre en route. Il s'était évadé sans bruit. Quand je réussis à le rejoindre il marchait décidé, d'un pas rapide. Il me dit seulement:

—Ah ! tu es là...

Et il me prit par la main. Mais il se tourmenta encore :

—Tu as eu tort. Tu auras de la peine. J'aurai l'air d'être mort et ce ne sera pas vrai...

Moi je me taisais.

—Tu comprends. C'est trop loin. Je ne peux pas emporter ce corps-là. C'est trop lourd.

Moi je me taisais.

—Mais ce sera comme une vieille écorce abandonnée. Ce n'est pas triste les vieilles écorces...

Moi je me taisais.

Il se découragea un peu. Mais il fit encore un effort :

—Ce sera gentil, tu sais. Moi aussi je regarderai les étoiles. Toutes les étoiles seront des puits avec une poulie rouillée. Toutes les étoiles me verseront à boire...

Moi je me taisais.

—Ce sera tellement amusant ! Tu auras cinq cents millions de grelots, j'aurai cinq cents millions de fontaines...

Et il se tut aussi, parce qu'il pleurait...

—C'est là. Laisse-moi faire un pas tout seul.

Et il s'assit parce qu'il avait peur. Il dit encore :

—Tu sais...ma fleur...j'en suis responsable ! Et elle est tellement faible ! Et elle est tellement naïve. Elle a quatre épines de rien du tout pour la protéger contre le monde...

Moi je m'assis parce que je ne pouvais plus me tenir debout. Il dit :

—Voilà...C'est tout...

—Il hésita encore un peu, puis il se releva. Il fit un pas. Moi je ne pouvais pas bouger.

Il n'y eut rien qu'un éclair jaune près de sa cheville. II demeura un instant immobile. Il ne cria pas. Il tomba doucement comme tombe un arbre. Ça ne fit même pas de bruit, à cause du sable.

27

Ça c'est, pour moi, le plus beau et le plus triste paysage du monde. C'est le même paysage que celui de la page précédente, mais je l'ai dessiné une fois encore pour bien vous le montrer. C'est ici que le petit prince a apparu sur terre, puis disparu.

Regardez attentivement ce paysage afin d'être sûrs de le reconnaître, si vous voyagez un jour en Afrique, dans le désert. Et, s'il vous arrive de passer par là, je vous en supplie, ne vous pressez pas, attendez un peu juste sous l'étoile ! Si alors un enfant vient à vous, s'il rit, s'il a des cheveux d'or, s'il ne répond pas quand on l'interroge, vous devinerez bien qui il est. Alors soyez gentils ! Ne me laissez pas tellement triste: écrivez-moi vite qu'il est revenu...